メディアワークス文庫

15秒のターン

紅玉いづき

目　次

15秒のターン

15秒～11秒　橘ほたる

梶くんとは別れようと思う。

六つ年上のおねえちゃんは毎朝私が着替えを終える頃に起きて来て、ふたむかしほど前の、川辺で歌うギター弾きみたいに神妙な顔で、ほたる、と私の名前を呼び、「たまらんわ」と言う。私はそのたびにおねえちゃんを二日酔いのオヤジと同じカテゴリにいれてしまう。化粧をして化ける前のおねえちゃんは冷蔵庫の扉を開けながら「たまらんわ。高校生、毎日、光ってる」とひとりごとのように呟く。「光ってなんかないよ」「遠ざからないとわからないわけよ」そんな会話をしたのはいつのことだっけ。明るいキッチンのカウンターにもたれながら、コエンザイムいりの栄養ドリンク、ぴきぴきっとキャップが割れる音がしてた。

光ってるってなんだよ。今でも私はそう思っている。おねえちゃんは過ぎ去ったものを美しく思い過ぎなんだ。高校生、光ってなんかない。でも、確かに、過ぎて行ったものは帰って来ない。十六の夏、夏だけじゃなく春も秋も冬も、一回限りっていうことはわかってるつもり。そうだ、わかっているつもり。

私が同級生の男の子に告白をしてOKをもらっておつきあいをしていることを、おねえちゃんはまだ知らない。クラスメイトの誰も知らない。学年ではどうかわからない。梶くんが言っていれば別だから。私が自分から言ったのは、同じ学校に通う幼なじみの知佳(ちか)ちゃんだけ。

ひとつ年上の知佳ちゃんは私の話に呆(あき)れた顔をして、「そんなんじゃ後悔するよ？」と言ったっけ。「後悔ってなに？」と聞いた私に、知佳ちゃんはだから、と言った。家の近くのドーナツ屋さんでお代わり自由なカフェオレのカップをなでて。

「今地球が滅亡したら、あんたきっと、とっても後悔するんでしょうね」

滅亡、とその言葉が私の胸に染みた。滅亡。滅び。歴史の教科書に載っていそうな、私からは遠い言葉のように思えた。知佳ちゃんは滅びという言葉を使った。その言葉を使えることが、私と知佳ちゃんの一年分の違いなのだろうか。

高校生の三年間にできる恋はいくつあるだろう。

自分の性格とどこまでも平凡な容姿に併せてかんがみて、そう多くはない、ということは理解ができた。梶くんと別れようと思ったのも、その辺りが決め手だったのだろう。

梶くんとつきあいはじめたのは今年の夏がはじまる前だった。バレンタインデーでもクリスマスでもバースデーでもなかった。誰かの力を借りることはなかった。私はどうかしていた。六月の末だった。雨だった。革のローファーのつま先が濡れていた。雷が鳴っていた。その瞬間に至るまでの過程はもうおぼえていないけど、瞬間、瞬間だけはおぼえている。

梶くんが私の傘の下にうずくまって自分の靴ひもを結んでいた。まるで私にひざまずくみたいに。私は緊張していた。雷鳴がおそろしかったから、私の声なんて頭の中で響くだけのはずだった。聞こえないかと思ったんだ。なのにその言葉は雨の中、予想外に大きく響いた。

15秒~11秒　梶圭太郎

橘さんとは別れようと思う。

けじめっていうのはそういうことだろ、と俺はそれなりに覚悟を決めてた。

生徒会の仕事の合間にそれを呟いたら、周りの連中は間の抜けたような顔で「会長ー、それでいいんすか?」なんて言ってた。お前ら俺にそれを言うならもうちょっと仕事しろと。仕事してないとは言わないがあっちこっちでフーリガンよろしく走り回ってるここの暴徒を少しでも統率してみやがれと！

うちの学校はちょっとおかしい。自主性といえば聞こえがいいけれど、無法地帯と言った方が実情に合ってる。そこそこの偏差値、のんびりとした土地柄に救われながら、それでもギリギリのラインで成立している「のびやか」な校風だ。

今はもう卒業生となった兄貴に無理矢理指名されて就任した生徒会長というポストは、俺の高校生活をほどよく地獄色に染めてくださってる。集会ひとつとっても生徒会が仕切らなくちゃいけないのは、教師の怠慢なんじゃないか？

春の体育祭と並んで、秋の学園祭は大イベントだ。特に今年は創立十五周年の冠が大きかった。祭り好きな生徒多数のハートにも火をつけたらしくて、ここ数ヶ月は文字通り忙殺された。告白されてつきあいはじめた橘さんと、ろくに言葉もかわせないくらい。

……つきあってる、んだよな。

俺の記憶が間違っていなければ、の話だけど。

11秒〜7秒　橘ほたる

梶くん。つきあってください。

——ああ、思い出ばかりが美しくなって行く、と唐突に思い、私は時計を見た。

今日は快晴だった。あの日のように雨は降っていなかった。そして梶くんは私の隣にいた。

学園祭の今日、待ち合わせて私たちは落ち合った。けれど私は梶くんの顔を見なかったし、心の中にもその表情を思い浮かべることができなかった。

私の中で彼はその程度だったという証明のようなものだった。

私の知っていた梶くんは。整ったというには私と同程度に平凡な姿で、どこにでもいる男の子の髪型でどこにでもいる男の子の黒い眼鏡だった。そしてちょっとないくらい怒りっぽいお人好（ひとよ）しだった。その人柄に関して、このひとは結局馬鹿なんじゃないかな？　と気づいたのはごく最近。あばたもえくぼ、じゃなくてえくぼがあばたになった、みたいな。そう、彼のそのお人好しさを確かに美点だとこれまでは思っていたのだった。

中学の時は一度も同じクラスになったことはなく、エスカレーター式に上がってきた高校一年の時にきちんと個人として認識した。その一年の間をクラスメイトとして過ごした。彼は平凡なりにクラスに溶け込み、やはりその頃からもめ事とあらば間に入り、行事とあらば実行委員になり、そのどれもにひどい悪態をつきながら、誰よりも誠実に仕事をこなしていた。クラスが別になったこの半年、彼は二年八組九番という認識番号の他に、いつの間にか仰々しいポストについていた。――生徒会長、だって。

権威あるその四文字が従えてるのは、学校単位のなんでも屋。内申点のためとしても割にあわないそのお仕事のために、梶くんには休み時間がない。休日もない。帰りはいつも、空が墨色になったあとだから、一緒に帰ることもできない。私は彼を待ったことがない。私と彼では帰る方向が反対だから、勉学と雑務で疲労した彼に、これ以上仕事を与えるわけにはいかないのだった。

光ってる、と言われる女子高生の醍醐味(だいごみ)って、どこにあるの。とちょっとぐらい思ったって、誰も私を責められない、と思う。責める責めないって話じゃないけど。だって私一人のことだから。

私は毎日一人で登校して下校する。それ自体に問題があるわけじゃなくて、一人で歩くその間ずっと、家に帰ってからもお風呂の湯船につかりながら梶くんのことをたびたび考えた。彼のことを好きだと思い告白したはずなのに、私のしたことはなんだったんだろうと思いはじめると、涙が浮かんで湯船のお湯に溶けて行った。氷をあてでまぶたの腫れを冷やしながら、なにしてんだろう、と思ったのだった。

一体なにしてるんだろう。

でも私は梶くんに対してなにも言わなかった。なにも言えなかった、じゃない。私が、私の意思で、なにも言わなかった。

そして、なにも言わない、をやめた日。

学園祭の日に、時間を下さいと言った。

おつきあいをはじめてから、私がお願いをした、これが唯一だった。

11秒～7秒　梶圭太郎

梶くん。つきあってください。

四ヶ月くらい前、そう俺に言ってきたのが元同じクラスの橘さんだった。

ずいぶんおかしな告白風景だった。梅雨の曇天に雷光。屋根のあるところまで走ろうとしていた俺は自分の靴ひもがほどけてることに気づいた。傍らの橘さんが小さな赤い傘をさしていた。その足元を間借りしていた、その時だった。

俺はどうしてそう答えたのか。自分でも、上手く説明できないんだけど。

俺はうん、と答えていた。

――あの時、橘さんは、他になにか言ったんだっけ。

橘さんは、小動物に分類できる人間だ。全てのパーツが小さい。黒目だけが丸くて大きい。そのあたりがまた小動物っぽい。そしてひとよりテンポが三くらい遅い。無口なわりに、ぼうっとしているわけじゃないらしく、頭の中でぐるぐると考えて突然発言する。

だから、ちょっと、いや結構、言い出すことが電波だ。

そして俺はそういうところが、嫌いではなかったのだと、今となっては思う。突拍子もなくて、ビビるけど、可愛い。だからそういう橘さんと一緒に、つきあいってのはピンとこないけど、やって行けるかもって思った。

けど俺は駄目だった。駄目だったんだ。

それまでもギリギリな生活を続けていた俺は正直、彼女という未知の生き物を分析して対策を練る余裕がなかったし、俺たちはメールや電話というような、おおよそ高校生らしいつきあいをひとつもしなかった。

ある日橘さんは、学園祭の日に時間が欲しい、と言った。けど。

7秒〜0秒　橘ほたる

彼の返事は「難しいよ」だった。

難しくても！　十分でも五分でも一分でも三十秒でもいいから下さい、と私は言った。私とつきあっているなら下さいと言った。まるで脅迫のようだった。なにも一緒に学園祭をまわってくれというわけじゃないんだ。わけじゃないと言えば嘘になるけれども、声を掛けた時にはまだ、その望みがいくばくか私の心にあったのだけれど、その時梶くんの「難しいよ」という言葉で全て飛んだ。その言葉が私を宇宙までふっ飛ばした。

よくわかった。

学園祭の開会式は生徒会長である梶くんによる校内放送ではじまった。沸き立つ周囲をよそに私は親の仇（かたき）のように放送スピーカーを睨（にら）みつけて、もういいんだから、と思った。

もういいんだから。

自分の心に響くその心の声があまりに幼くて驚いたけれど。

結局今年の学園祭はさんざんだった。仲良しの知佳ちゃんとは会えなかった。知佳ちゃんは三年生だから、最後の学園祭なのに。クラスの模擬店は緊張して三回もおつりを間違えそうになった。そのたびにクラスのみんなに笑われて、買い出しに走らされた。もちろんその大笑いもパシリも、クラスメイトの励ましかつ愛情だってことはわかっていた。みんなが少しのろまでぐずな私の面倒をとても情深くみてくれてるってのはわかっていたのだけれど、私はやっぱり駄目なんだと思った。大きなペットボトルを抱えて走りながら、みんながゴールをつくってくれたそこに飛び込みながら、泣き笑いの顔で私やっぱり駄目だあ、と思ったのだ。

　午後のシフトは代わってもらって、ステージにもお化け屋敷（やしき）にも行かないで、私は待ち合わせ場所に来た。店番終わりに店を飛び出す私の口に、クラスの友達がチョコバナナをつっ込んだ。

「行ってらっしゃい！」って。

みんな、どうして笑っていたんだろう。どうして私が今日はなんにも食べてないってわかったんだろう。

梶くんとの待ち合わせは中庭に立ってる理事長の銅像。その陰、校内からは死角になるところ。

待つこと二時間弱。「三時までならどこかで時間つくれるかも」なんて言っていたのは誰だっけ。梶くんが走って来た時にはもう、三時直前だった。馬鹿。

腹立たしくてなんにも言えなかった。

時計の針は、最後の十五秒を数えはじめるだろう。

私はずっと、校舎に掛かったシンプルな時計の針をひたすら見つめていた。

この秒針があと九十度まわったら、ありがとうと、さようならを言おう。私はそう決めていた。小学校卒業式のうたのようなそれが、お別れの常套句のような気がしたから。

はじめてのおつきあいだったから、もちろんはじめてのお別れだった。

でもこれでいいはずだ、と思った。それなりに美しく、それなりに相応な終わりじゃないかと思っていた。

心の中でカウントダウンをするように、じっと秒針の動きを目で追いはじめた、その時だった。

7秒～0秒　梶圭太郎

俺の返事は「難しいよ」って投げやりなもんで。
次の瞬間に小さな橘さんが破裂したみたいに、「難しくても！」と叫んだ。その時
さすがの俺も気づいた。
なにかって、俺はずっと間違えてて、またそれに輪を掛けて間違えたっていうこ
とに。
……だってさ。知るかよ。
周りの連中は彼女ができたらメールだ一緒に登下校だ休みの日にはデートだっつっ
て。よくそんな余裕あるよな、っていうのはもちろん言い訳。
知るかよ。わっかんねーの。
橘さんがなにを考えてて俺はどうしたらよくて、そもそもなんでつきあおうと思っ
たか、なんて。

男として情けないってのももちろんあるけど、相手に対して失礼すぎるだろ。俺はもうずっと、橘さんに対して失礼だったんだ、と思う。尊重してなかった。橘ほたるという、小さな生き物を。

だから俺は橘さんと別れることに決めた。

なのにその決断をあざ笑うかのように、学園祭という荒波が俺の時間をさらって行く。

誰か俺に教えてくれ。なんでテレビ局なんて来てるんだ。近くの商店街で非常識な宣伝をして、パトカーまでつれてきた奴出て来い。

結局待ち合わせ場所で橘さんを数時間待たせた上に、次の仕事までもうまともな時間がないとか。

正直俺は、男として、それより以前に人間として、合わせる顔がなかった。

橘さんは黙りこくってるし、俺は情けなさで言葉もない。俺たちは祭りの喧噪の中で、ただ黙って立っていた。

そして息を吸い、なにか言おう、とした時だった。

0秒〜5秒　橘ほたる

梶くんの左手が私の右手に触れた。

筋が浮いた手の甲の、温度が違っていて驚いた。この年にしてもう冷え性気味の私の手をかすめた彼の手の甲は、しっとりと汗ばんで熱をもっていた。

私は時計を見たままだった。

梶くんの左手が私の手をつかんだ。彼の中指がぐるりとめぐるように私の手首に吸いついて、大きさの違いを如実に体感した。

心臓がはねた。

男のひとの手、だと思った。

手首をつかんだ梶くんの親指の腹が私の手のひらの中心をなぞるように押した。閉じてしまいそうな視界の端で自分のまつげが震えるのが見えて息が止まった。血液が耳の後ろをめがけて逆流して、風と波に似た音を響かせた。彼が力をこめたのはもう、私の手ではなかった。

心臓の裏側をなぞられているようだった。

逃れるように手首をねじった。息がつまって耐えられなかった。彼の手の中にあるのは私の心臓だ。私の急所であり私の生命の全てを、そうも簡単にあけわたすわけにはいかなかった。でも、と思った。

でも、離したくなかった。

手のひらの角度を変えて私の手が梶くんの長い指をつかんだ。彼の指先をたどると、中指の先の側面が小さくふくらんでいた。

たこだ、と思った。

梶くんが左利きだということに、私はその時はじめて気づいた。頭の中を、火花が散るように梶くんの書いた文字がはねて行った。もう少し色っぽいものを思い浮かべたかったけれど、一番に思い出したのは一年の時、教室の後ろの黒板。隅に書かれた「落書き禁止」の神経質な文字。落書き禁止。

そう、落書き禁止、の指だ。

怒りっぽくて口の悪い彼は文字も少し乱暴で斜めになっていてはねが強い。でも、堂々としていて力があった。梶くんの書いた梶くんの名前を思い出す。内履きの滲み、小テストの隅、日直の黒板、梶圭太郎の文字。梶、という字の、最後の一画が美麗なんだと思った。

梶くんが梶くんなことは素晴らしいことだ、とその瞬間に、見当違いなことを私は思った。

秋の光が私たちに降り注ぎ、その意外な強さに私は、日焼け止めの乳液を塗らなかったことを後悔し、その一方で私の手のひらが余計な不純物に濡れていないことに感謝をする。

この時私たちをへだてるものはなにもなかった。

辺りは祭りの活気で、廊下を走る音。模擬店から流れる音楽。遠くにバンドコンテストのバスドラムの響きがする。

今年の学園祭はこの学園の創立十五周年記念も兼ねていて、例年よりもずいぶん盛大だった。ひとの走る、歓声がさざなみのようで混沌(こんとん)のようだ。

0秒～5秒　梶圭太郎

橘さんの右手が俺の左手に触れた。

小さくなめらかな手の甲の、温度が違っていて驚いた。

冷えてる？

待たせたから、というのが最初に浮かんで、思わずその手首をつかんだ。

体温よりも驚いたのはその細さだった。

橘さんの構成パーツの小ささは知ってるはずなのに、実物をつかんだら全然違った。

手首の細さが尋常じゃなくて、え、こんなんで荷物とか持てるのか。簡単に折れてしまうんじゃと心配になる。

なんだこれ、骨とも肉ともつかない感触だった。肌質の違いのせいだと頭の隅ではわかるのに、なんだこれって思った。

親指に力が入る。手のひらの中央はこのまま力をいれたら穴が開きそうだった。

橘さんが、逃れるように手首をねじった時にはっとした。

——なにしてんだ、俺。

突然橘さんの手を握って。黙ったまんまで。拒否された、嫌がられたと思ったら死にたくなった。

離さなければならない、と思った。

離して、謝って。

けど、橘さんのその、小さな異星人のような手が、そのまま角度を変えて俺の指をつかんだ。細い指で余ってしまう俺の指をつかんで、なでた。

赤ん坊のように、たよりない仕草だった。

5秒〜15秒　橘ほたる

私たちはそれからゆっくりとおたがいの指の間を開き、狭苦しいそのはざまを探し求めるように、鍵と鍵穴のように、たがいの指を絡ませて行くのだった。

退化して行った水かきをなぞるように。胎児だった頃にはもう戻れないことを確かめなおすように。

生まれて生きる、そのことをここまで自覚したことはいまだかつてない、と私は思った。

指のはざまにこめられた力が強かった。思い込みだとわかっていながら、殺意を感じた。

この男は私を殺すつもりだ。

同年代の異性に対し、「この男」と思ったのははじめてだった。

この男は私を殺すつもりなのだ。私の心臓の裏側に力をこめるということは、つまりそういうことだった。

私の手は陸に打ち上げられた水棲動物のようにあえぎ、痙攣する。よろこび、という感情を体現しようとするかのように。

やはりひとつの生命のように。

梶くんの手が私の指のひきつりに気づいたのか、ようやく力がゆるめられた。私はその瞬間を見逃すことはせずに、短くてたよりなく細い自分の指に力をこめた。握力が二十しかない私の右手。私の力。けれど返さねばならない、と思った。伝えねばならないと思った。

私にも殺意があるということ。

あなたを殺す覚悟があるということ。

長く長く、恋とはあこがれなのだと思っていた。小学校の頃近所の子に泣かされていた時に助けてくれた男の子のことや、サッカーが上手だった彼のこと。多分おねえちゃんが片想いをしていた、中学の時の塾の先生。あわくささやかで胸をあたためるその感情を、思うだけで満たされるよろこびを、恋だと私は呼んでいた。それらがまるで美しいものであるかのように名前をつけて。けれどその感情はなにひとつ、この血の色をした赤い波にはかなわないのだった。ビーズのおもちゃのようだった思い出は今でも変わらず私の胸にあり、しかし私はもうそこには戻れない。

私はもう戻れない。なぜなら私は知ってしまったのだから。

このあまりに嵐に似た色の歓喜のことを。

——梶くんは、私を好きだろうか。

一方的に指先に力をこめながら、今まで一度もおそろしくて触れられなかったことを思ってみる。現実をつきつけられるのが嫌で、確かめるのがおそろしかった。ろくに言葉をかわしたこともなかった私のことを、梶くんが果たしてどう思っていたのか。あの日あの雨の中の告白で、どうして彼がイエスと答えたのか。

好きになったひとが自分のことを好きになってくれる確率。しかもそれが私のように平凡で地味めな女子だったら、金のエンゼルを探し当てるより低いんじゃないかと思ってしまう。今も思っている。一体どうしてあまりに多忙な彼が私を好きになってくれるというのだろう。

けれどそんなことは関係ない、と思うのだった。関係、ない。私が告白をした雷の暗い夕暮れと同じこと。血が奔（はし）り、私は私の思考を飛び越える。

行動よりも思考ばかりが先行する、頭でっかちで愚か者の私。言葉にまみれた自分自身を破り飛び越え、天高く、跳躍する。

つきあってください。

私の足元にひざまずくあなたが、私にその言葉を言わせたように、私は今梶くんの指と指のはざまに全力をこめながら、胸にひとつの答えを抱く。

梶くんが、好きなので。

（あぁ）

知らなかった、と思った。私はあまりに考えすぎていた。自分のことについて、遺伝子の配列を読み取ろうとする学者のように考えすぎていた。そんなものに腐心せずとも、私は、ここにあるというのに。

心はここにあるというのに。

梶くんが好きなのだった。お人好しで忙しくて、ちょっと馬鹿な彼が。私はだから、彼に交際を申し込んだのだった。その事実を失念するなんてあまりに愚かだ。

私は考えすぎながら、あまりに贅沢でわがままな願望を梶くんに押しつけていた。

彼が私を好きかどうかをはかりたかったのだった。そしてそれがはかれないがために、梶くんと別れようと、梶くんから逃げようとしたのだった。

ブレザーの上着を脱いだ時の白い肩やよく陽に焼けた腕、のどぼとけのある首からあごにかけてのラインやその低くて乱暴な声から。強くて少し甘い目の光りから。

それら全てから、逃げてしまえば楽だと思ったのかも知れない。

歓喜は絶望によく似た色をしている。だから私たちは時折間違える。

でも、そんなことは些末なことなのだと私は悟った。そう、些末なこと。梶くんに好かれようと好かれまいと。私の気持ちには一片のくもりもない。そう、くもる必要などないのだ。

そこまで思うに至って、間違っていたのは私であったのだと、素直に自分の非を認めた。

私は本当はもっとすみやかに行動を起こすべきだった。梶くんになにかを主張するべきだったのだ。なにを言いたいのかわからなくても、とりあえず梶くんの方を向いてみるべきだった。その近くに寄るべきだった。他人のために仕事を引き受けるなんて、と言わずに、飛び入りで生徒会に入ったってよかった。

そうでなくても、空が墨色になるまで彼のことを待てばよかった。帰り道が反対だというのなら、たった五分でも校門の前に座り込んで夜の星を見ながらじっと同じ空気を吸えばよかった。私は本当はそうありたかった、そうしたかったのだと、今知った。今更知った。

沈黙がなんだ。おそれがなんだ。全てはそれからはじめればよかった。立ち上がってからどの方向に歩き出すとしても、それからでも遅くはなかったはずだった。愚かだった。

頭の中でおねえちゃんが笑っている。ほたる、と私の名前を呼ぶ。

ほたる、あんたは馬鹿なのよ。でも、馬鹿なところが一番可愛いんだよね。

そんなわけがなかった。それでも私の馬鹿さは確かに光のようだった。季節はずれの蛍のように、哀れに思われるほどの愚かさだった。

梶くんの親指が、彼の手の中で唯一僅かに自由のきくそれが、私の手の甲をゆっくりとなでた。

まるでむせび泣く猫の背をさするように、私を思いやるように。父親のように母親のように親友のように恋人のように。

大丈夫だと、言うように。

このひとはもう、と私は思う。このひとは、もう。

私は愚かだった。でも、梶くんだって、大概に馬鹿なのだった。他人の責任を肩代わりして我がことでない痛みに、ナイチンゲールのようにどうにか手をあてて、罵倒しながらもその傷をいたわるようなひとだから、ほら、こんなにも骨の浮いた手になってしまうんじゃないか。

なんていとおしいのだろう。

この指と指のはざまから伝わる熱のことを、いとおしいという言葉の意味を。こんな時に、こんなかたちで、知ることになるなんて。

なだめられるように指の腹でなぞられながら、私は自分を許してあげることにした。ゆっくりと梶くんの手にこめた力をほどくようにゆるめながら、許してあげることにしようと思った。なにをかはわからないけれど、考えすぎたこれまでのこと。自分の愚かさのこと。自分のことも、梶くんのことも、許してあげよう。階段をゆっくりとのぼるようにそう思った。

そして信じようと思った。梶くんのことではない。私の恋を。そしてこの指先のことを。私はまだ若いのだということを、今この時確かに自覚しているのだった。十六の一年がたった一度きりだからといって、なにを臆することがあるだろう。保身に走る必要なんてない。そう、おびえることなんてない。この血の色をした赤い波に、濁流に、流されてもいいと私は思ったのだった。

さようならという気持ちはもうなかったけれど、ありがとうという言葉だけは伝えたいと思った。

どうもありがとう。私にこの、痛みのような恋を教えてくれて。

ゆるく手のひらをほどきながら、歓喜と絶望のかたちは果てしなく自由である、と考えた。そんなことを考えられる、自分自身の若さと幼さに感謝した。

もうすぐ時計の秒針が十二までたどりつくから、手のひらをほどきながら私は梶くんの方を見た。その、私よりも背が高く、肩幅が広く、骨の目立つ骨格をたどるように視線をあげて、彼の顔を見た。

久しぶりに梶くんの顔を見たと思ったし、もしかしたらはじめて梶くんの顔を見たかも知れないと思った。

梶くんは私から目線を逸らして僅かに斜めにうつむき、自分の口元をあいた右手でおさえて難しい顔をしていた。目元が少し赤かった。このひとはこういう風に照れるのだなと、私はなんだかとても冷静だった。

私の選択は正しかった。

「行かないと」

梶くんが言う。その言葉が掠れて震えていた。行かないと。そうね、行かないと。

十六才の学園祭はさんざんである、と私は思う。十時からはじまったこの学園祭を私は結局悶々と過ごし、楽しむことができなかった。

けれど終わっていない。

まだ、終わってはいない。

これからいくらだって学園祭を楽しめる。後夜祭だって控えている。キャンプファイヤーにフォークダンスもあるんだ。ついさっきまで梶くんと別れようと思っていた私には、憂鬱なはかりごととしか思えなかったそれらも、今は全く違って見える。

十六才の学園祭は一度きりだ。なら、それに逃げられるわけにはいかない。見過ごすわけにはいかない。追い掛けなくちゃいけない。

「うん、行こう」

時計の秒針が十二に届くその時に、私はうなずき、笑いながらそう言っていた。私は離すはずの指先をもういちど強く握って、覚悟を決めた目で梶くんを見た。

梶くんは少し驚いた顔をしていた。そしてそれから、小さく息を吐いた。

もしかしたら、ここにあるのは諦めなのかも知れないと思った。だって私も諦めているから。大きく強く覚悟を決めるように諦めたから。大げさな言い方だけど、将来嘘になるかも知れないけど、この恋に殉じようと思ったから。

私やほかの誰かがこれだけの決意をもって恋をするなら、それこそ世界は動くだろうと私は思う。私たちは滅亡を知っている。だからそれを止める力がある。愛が世界を救うだなんて思わない。けれど、愛情という波は私を救い、私を動かして止まないのだった。

知佳ちゃんをさがそう。知佳ちゃんに会ったら、もっといろんな話をしよう。きっとこれまでと違うことを、私は言うことができるだろう。

おねえちゃんにも伝えたら、きっとおねえちゃんはいつものように疲れた顔で、「たまらんわ」と言ってくれるだろうか。

光、というほどに、明るく美しいものではないと私は思う。それでも、いつかこの日から遠ざかり、この十五秒を思い出した時、私はやはりそこに光を見るのかも知れないと思った。甘くあたたかくてどこまでも切実な、光を。

もちろん今、生き死にを決めるように恋を決めた私の気持ちは重たく面倒だ。その自覚はしっかりとあった。梶くんにも同じ気持ちでいてくれなんて、そんな大それたことは願わない。多分、受け止めるだけで大儀だろう。けれど、私は知っている。梶くんのお人好しさと、結局なにも見捨てられない性分を。

だから、私のことも、少しだけ、肩に乗せて苦労をしてもらおうと思う。

その代わりに、私は私のこの小さな手で、できうる限り梶くんを守ろうと思うのだった。

私が男のひとを守ろうなんて、笑ってしまうけれど。そんな偉そうなことを言って、また後悔をすることになるのだろうけど。

手を握るだけで、これほどに心がかわるのだから、私にも、きっとできることはあるはずだった。

守ってあげる、と握る手に力をこめて心の中で囁く。この恋を守るように、あなたのことを、守ってあげる。

握る手に力をこめる。そしてそのまま、走り出す。

5秒〜15秒　梶圭太郎

そして俺たちはゆっくりと指の間を開いて、一本一本の指に居場所を与えるように、組み合わせて行く。

どちらもなにも言わず、視線も合わせなかった。

握るだけで壊れてしまいそうなのに、俺はそこに力をこめてた。

もう冷たいとは思わなかった。俺のもってた熱が伝染したのか、それとも血が沸くなんてことが、本当にあるのか。

この手の中にある熱をもった小さなやわらかなものは、このまま簡単に壊すことができる、と思った瞬間、身体の芯に電流が走った。

（え、これ）

俺、の？

その思考回路が、浅ましい独占であるとわかった時、俺は一気に羞恥で内臓が灼ける感触を味わった。

橘さんは俺の、なんかじゃない。こんなに失礼な扱いしといて。今更どういう傲慢な彼氏づらだよ、と自分の中の羞恥心が大声で俺を罵倒した。

そうしてる間も橘さんは少しうつむいていた。頭ひとつ分くらい違う橘さんにうつむかれるとどんな顔しているのかがわからない。

けどきっといろんなことを考えているんだろう、と思ったんじゃなくわかった。

橘さんはいつもそうだ。高校一年で彼女と同じクラスになったけれど、俺は中学の頃から彼女を知っていた。というか、よく目立っていた。

小動物類みたいな容姿に、うるさすぎないどこか頼りない口調。

そこが男子にも女子にも人気があって、もてるというよりも周囲にひとが絶えない。

思わず飼い主になりたくなるんだろうと思っていた。

たまに電波だけど。でも、それをおぎなって余りあるくらい——優しいんだろう、きっと。

俺みたいに投げやりで、ひとを嫌な気持ちにさせるようなこともなくて、反射的に助けてやりたくなる。人徳で、才能だ。妬むことはないけど、純粋に、感嘆してしまう。

橘さんは内緒にしてるつもりなんだろうけど、彼女のクラスメイトはみんな、橘さんが俺とつきあってるってことを知ってる。実際何人かわざわざ俺に確認しに来た。

結局どいつもこいつも過保護なのだった。同じクラスでいた一年間、俺も確かに、その一員だった。

今日も、生徒会の仕事の間に、遠くの窓から橘さんの姿を見た。橘さんは周囲の視線に鈍いところがあって、いつも俺に気づかない。

大きなペットボトル抱えて廊下を走る橘さんをクラスメイトが待ち構えていた。男子も女子もゴールテープなんて用意して笑ってた。

それを見た時、物理的な距離もそうだけれど、遠いなと思ったのだった。

遠いよな。……俺なんかにはもったいない。

けど、俺は今、ここにいて、こうして橘さんの手を握っている。橘さんの思いはわからないけれど、ここにある現実。

距離なんてあるだろうか。

遠いなんてことが、ほんとにあるのか？

俺の手の中で、橘さんの手が震えていた。力をこめすぎたせいなのか、俺の力が強いのか。それとも、それよりももっと、やっぱり小動物的な震えだと思った。

おびえるように震えるから、急に心配になった。唯一自由のきく親指で、その手の甲をゆっくりとなぞって、伝わればいいと思った。

伝わればいい。みんな、あんたが好きだよ。

そう思いながら、ああ俺は今誤魔化したなと思った。自分でわかった。みんなって誰だよ。

——俺は、どうだ。

別れるって思ってたのどこのどいつだっけ？　なんでそう考えたんだっけ。橘さんはどう。あんだけ不義理をうけて、忙しさを言い訳にされて、それでまだ俺のことを好きだって？

そもそも、橘さんは、俺のことを。

雨の音がした。自分の血流の音が呼び水となって、あの日の記憶を呼び起こさせる。

つきあってください。

梶くんが、好きなので。

思い返せば自分の喉が鳴るのがわかった。

橘さんは、きっと、誰にも嘘をつかない。

自分の気持ちを自覚しても、そして橘さんの気持ちをようやく胸に届かせても、それでも俺はまだふんぎりがつかなかった。俺はやっぱり抱えるものが多すぎて、他人を愛するには人生のキャパシティが足りてないのかも知れない。

「難しくても」と言った橘さんの声は滅多に聞くことのない甲高いものだった。小さな身体で声をはりあげていた。悲鳴のように。

俺はきっとまた、橘さんをああやって不安にさせるだろう。

駄目だ、と思った。駄目だ、別れた方がいい。絶対にいい。

けれどゆるくほどいて行く手のひらを、惜しむ心が確かにあった。

……離したくない、だなんてどうしようもないことを思う前に、俺は慌てて口を開く。

「行かないと」

嘘ではなかった。もう戻らなければならない。進行の放送もあるし、絶対新しい問題がいくつも出てる。きっと俺の仕事が山積みになってる。三時に帰ると言い残してきたのだ。

こんな俺でもまだ、この盛大な祭りに責任があるから、こいつをちゃんと、終わらせてやらなくちゃいけない。どいつもこいつも阿呆でクソだと思うけど、それでも踊りたいって奴がいるなら、踊らせてやらなくちゃいけないって思う。

行かないとと言ったのは、逃げだったのかも知れない。ここで逃げれば、とりあえず、別れ話にはならないで済む。

俺たちの関係は終わらないで済む。

けれど橘さんは、思いも寄らない言葉を返してきた。

「うん、行こう」

驚いて彼女を見れば、相変わらず小動物類の顔に明るく微笑みをのせて、そして離れかけた俺の指をもういちど強く握ってみせた。

俺はここにきてようやく橘さんの顔を見たのだった。彼女の顔を見て、俺の、彼女の顔を見て、そして可愛いなと思ったのだった。……小動物だけど、やっぱ。

小動物のくせに、その笑みはなんだか強くて、まるで守られているような気になった。何故だろう？　力をいれれば折れてしまいそうな手をしているのは、橘さんの方なのに。

俺は驚いたけれど、橘さんのそれは悪くない提案のように思えた。

このまま橘さんを連れて行って、まあ激務ぐらいは我慢してもらって。橘さんは戦力になりそうもないけど、癒し系としてはまあまあ活躍してくれるだろう。第一、俺の、気分もいいし。

今からなんとか雑務を片付ければ、後夜祭の最後くらいは、少しは楽しめるかも知れない。

なんだか急に、やる気が出てきた。

握る手に力をこめる。そしてそのまま、走り出す。

これはたった十五秒のあいだにターンを決めた、俺たちの、一度きりの学園祭の話だ。

——finish

2　Bの黒髪

さびれきった幽霊神社には、ヒキコモリの巫女がいる。
『あーヤダ、今日もだるいの。仕事したくなぁい』
『仕事なんていつもしてないだろ、ハルカ』話しかける亀と。
『してない』牛と。
『してない』逆さになった馬。
『うるさいわねぇ！　動物園に叩き売るわよ！』
こぶしを上げて叱りつける、ハルカの眉は逆ハの字。
『いいねぇ動物園』仕事をしたがらない亀が言う。
『いいねぇ。働かずに過ごしたいものだねぇ』と牛も。
『いいねぇ』なんて馬も。
巫女のハルカはたまらず熊手を取り出して。
『あんた達は仕事！　しなさいー！』

つまらないオチだな、と、自分で描いていて思った。

「仕事、しなさぁい……の方がいい、かな……」

狭いパソコンデスクの隅っこで、手の中の筆記具を持ちなおした。カバーの四隅をハサミで切ったMONOの消しゴムを小刻みに動かして、吹き出しの中の文字を消す。定規は手持ちじゃなかったから、枠線を消さないように、慎重にしたつもり。そこは上手くいったけど、小さい「ぁ」の字がつぶれていて見にくかった。このままだと、スキャニングをした時にもっとつぶれてしまって読めないかも知れない。自分のくせ字が嫌になる。かといって、写植を打ち込むほどの根性はない。

パソコン部屋の蛍光灯に透かせて、出来上がりを見た。

デッサンが崩れてるのはわかってるから、紙を裏返しては見ない。向上心なんて十年も昔に置いてきたもの、今更自分の中に探したりしない。描けるものを描けるだけ。それくらいの気持ちでないと、なかなかひとに見せられないから。

少し茶色みがかったコピー用紙に描かれた、鉛筆描きのつたない漫画。下描きをしていないから、迷い線がたくさんあるし、消しゴムの消し跡が汚かった。その画面の汚さに比べたら、字が汚いことなんて今更すぎた。

「…………」

読めなくたって一緒じゃないか。消しゴムのカスをふっと飛ばしたら、コピー用紙の中のお亀様と目が合った。ぶさいくな顔をしている、亀。自分で描いたものだけれど、つぶれたカエルみたいだ。牛と馬はもっとひどい。誰だ、こんな描きにくいキャラクターにしたの。犬とか猫にすればよかった。

ため息をついて、主人公であるハルカの黒い髪の毛を親指でこする。巫女、だから、黒い長い髪。安直でわかりやすい記号だった。でもベタをぬるのはめんどうだから、2Bの鉛筆の粉をひきのばすだけ。そのせいで私の親指はいつも黒く、鉛の味がする。

時計を見たら短針がもう九時に近づいていて、慌ててコピー用紙をプリンターの上に付属しているスキャナに挟み込む。年代物の、複合機の蓋はだらしなく半開きになるので、スキャニングをする時には手でおさえつけていなくてはいけない。解像度の指定はいつも通り。グレースケールで取り込んだなら、ペンタブレットを買った時に付属でついてきたペイントソフトで適当にゴミを消して、明暗をはっきりとさせて、おしまい。

自分の管理しているWEBサイトのサーバーにアップロードして、ブログの記事にした。一番上の記事は更新履歴。時間がなかったから、一文だけ書いた。

【9月27日　巫女漫画　最新話更新】

鞄（かばん）をつかんで立ち上がる。帰りは寒いかも知れないから、カーディガンも手に取った。

車のキーを鳴らす音がする。お母さんが呼んでる。家を出なきゃ。

家の車は、ドアの重い黒いミニバン。乗り込むと、「あんたはいつもギリギリで」とお母さんの小言が飛んだ。ごめんって。助手席のウィンドウ、開けながらおざなりに答える。

「自分の立場、わかってるんでしょうね」はいはい。「今年も落ちたら、承知しないんだからね」わかってる。

わかってるけどでも、『今年も落ちたら』って、お母さんの志も大概低いよね。思ったけど、言わなかった。車で十五分くらい。予備校の隣のコンビニに車を停めてもらって、お礼を言ってミニバンを降りる。

力をこめて、ドアを閉める。


空調のきいた予備校の廊下は、学校よりも白いイメージだ。壁も、天井も、蛍光灯も白い。高校のような騒々しさはなくて、みんな誰かに遠慮するように、顔を寄せ合いひそひそと喋っている。制服のない生徒達。それぞれが吐くため息が床に沈殿して、足下にふきだまっているのを感じる。

白さの続く長い廊下には、夏の実力テストの結果が張り出されていた。クラスごと。教室に向かいながら横目で流し見た。探したわけではないのに、自分の名前は視界に飛び込んでくる。仁沢須和子（にざわすわこ）。画数の少ない仁の字が目線を引き寄せる。見たくもないのに。

仁沢須和子の名前は、紙の最後から数えた方が早いところにある。

ふん、と鼻から息を出す。落ちこぼれだな、と思った。思うだけ。もう、そういうことに、いちいちショックを受ける心の持ち合わせはないので。

——須和子さんは、半年前、大学受験に失敗した。

と、漫画のト書きのように私は思う。

劇的じゃない、平凡な人生の展開のひとつ。ちょっと背伸びをして頑張って受験をしたけれど、奇跡は起こらなかった、というだけ。

滑り止めの短大にも行かず、私は浪人と再受験を望んだ。一年という時間は途方もないし、そこで頑張れば、これまでの自分の不出来が帳消しになるような気がしたのだ。もちろん、それは楽観的な思い込みだった。高校生活三年間かかって染みついた怠惰が、浪人生の一年間で取り戻せるわけなんてない。

できると思った。頑張ればできる。頑張りたいと思ったから、予備校に通いはじめた時も、がむしゃらに勉強しようとした。どうにかクラス分けで一番いいクラスに滑り込んで、それから。

情熱は三ヶ月も持たなかった。

ゴールデンウィークが明ける頃には抜け殻になって、結局今に至る。努力家が多いピリピリとしたこのクラスで、底辺の近くでずるずる足を引きずっている。期待が大きすぎたんだ、という冷静な分析。誰かじゃない、自分に対しての。

頑張れば、できるって思ったのは一体誰だろう？　それは己を知らなすぎる台詞で、願わくば、あと一年くらいはやくに気づいていたらよかったのに。そしたら身の丈に合った受験をして、奇跡なんて願わなくて、今頃成功した同級生達と一緒に、大学生になっていたんだろう。あんまり想像はつかないけれど。

白い長机のはしに座る。手首のゴムで、肩までの髪をひとつに結んだ。

もうずいぶん服を買っていないなあと思った。オシャレをして出かけるような場所がないから。腕の内側に毛玉のついた長袖のシャツとジーンズ。気合いの入らない服を、手抜きだと怒ってくれるような友達は予備校にいない。

ホワイトボードなんておざなりにしか見ないけれど、鞄の中から眼鏡を出した。

チャイムは鳴らなくても、十時きっかりに二コマめがはじまる。早朝の一コマめはとっていない。自習室で自主学習、という人種でもない。

最初は英単語のテストから。常に正答率が六割を前後する英単語テストの自己採点をしたら、間違えた単語を用紙の裏にぞんざいに書き取る。

長文読解の課題を眺めながら、明日仕上げる漫画のネタを考える。予備校の白い長机に向かうと、反射みたいに出て来るのは落描きと漫画のことばかりだ。それが逃避だってことは、わかっていたけれど。

英文に登場するキャラクターが、馬鹿馬鹿しいお調子者だったから、外国人は使えるかもな、と思った。

そろそろマンネリだし、新キャラ、とか、でも、レギュラーはな。ゲストキャラフでいいや。

ノートの余白に、落描きをはじめる。2Bの鉛筆じゃなくて、普通の、HBのシャーペンだけど。隣の席は上手く空いていたから、気にせず描くことができた。

WEBに漫画を描きはじめたのは、丁度、私の怠け病が出はじめた頃だ。

テストの裏紙に描いた、巫女漫画の第一話。

私はハルカ。巫女ですが、ヒキコモリです。

バイト先はこのさびれたぼろ神社。

『ハルカぁお茶ぁ』

彼はお亀様。

なぜか喋る、亀です。

そう、ここは、おんぼろのくせに、ちょっと変わった神社です。

『自分でいれれば？』


なんで巫女だったのかといえば、流行りで人気なんだろうってのと、馴染みがあったから。中学生の頃から、親戚の紹介で神社の巫女バイトをしていたので、資料を探さなくてもよかった。

なんとなく描いた、目つきが悪くてやる気のない顔をした巫女が、ハルカ。名前も適当で、顔も適当。決して美人ではないし、そもそも私の描く絵じゃ美人もおかめだ。お亀じゃなくて。

亀を出そうと思ったのは、教育テレビでやってたアニメの影響かも知れない。自分でもよくわからない。手癖で描いた。

そんな風に、描き上がったものに対しての理由はいくつか述べることができるけれど、なんで漫画だったのかは……理由なんて、あったのかなぁ。漫画を描いて楽しいなんて思ってたのはもう、もっとずっと前のことなんだけどな。

やる気の消滅してしまった予備校の授業中、他にやることもなくて、時間つぶしの、落描きの延長だった。誰のためでもないし、自分のためでも別にない、勉強以外のなにかをしたくて、漫画を描いた。鉛筆だけで、ベタもぬらずトーンもはらずペン入れもせずに。

ハルカの神社はおんぼろ神社で、神様みたいなものと話ができるということにした。お客は幽霊とか、ちょっと変わったものがいい。でも、基本的にハルカは仕事をしたがらない。神社はハルカのヒキコモリの場所だ。亀だけでは話が進まないから、牛と馬も出してみた。

いくつか描いて、なんてことない話が出来上がった。下手くそで、くだらなくて、面白くもなんともない漫画だった。

でも、誰かに見て欲しいなと、思った。

なんでだろう。なんでそんな、恥ずかしいことを思ったんだろう。こんな下手くそな落描き。誰かに見て欲しい、なんて。

　寂しかったのかも知れない。寂しいから描いたわけではないけれど、時間をかけて描いたものさえ見てくれる人がいないというのは、寂しくて、みじめだ。

　でも、誰が見てくれるっていうんだろう。高校時代の友達？　予備校でできた知りあい？　自分だったらお断りだ。ただでさえ下手くそな漫画、見せられたってコメントに困る。

　そう、見て欲しいってことは多分、誉めて欲しいっていうことだ。

　ポケットから携帯電話を取り出して、届いているメールをチェックする。最近はブログに書き込まれたコメントを、携帯電話に転送するようにしてある。

　一件新着のメール。振り分けられたフォルダで、コメントの転送だとわかった。

【新作！　待ってました！　ハルカ大好きです、これからも頑張って下さい！】

　顔文字つきで、初めましてのありきたりな台詞だった。

　須和子さんの……ネット上ではＷＡＣＯさんの、ブログは今、日に百五十人ほどがページを開く。設置してあるカウンターとアクセス解析のシステムからそれを知ることができる。多すぎることはないけれど、下手な漫画の割には少なくもない人数で、漫画の新作をアップすれば、何個かコメントがつく。常連もいるし、無言で見てくれて好きでいてくれる人もいるのだろう、と思う。バイアスのかかった想像かも知れないけど。

初めて誉められた時は嬉しかった。胸がときめいたし、ひとりでベッドに転がった。嬉々として返信もしたけれど、数ヶ月漫画を上げてきて、こういう誉め言葉には慣れてしまった。それでも事務的に保護して保管する。私の携帯には、数十の私への誉め言葉がある。嬉しい気持ちは、嘘じゃない。食傷気味になっても、大切にしまっておきたい。せっかくもらったものだから。

十九にもなれば、知らない人から誉められることなんて、一年に何度もないことだ。ましてやさぼりがちな浪人生なんて。

『あたしなんて、生きてるだけで空気のムダよ』

と、私の描いた話の中で、ハルカが言った、ことがある。私は頬杖をついて、自分の漫画を思い出す。

『ムダじゃない生き方をしたい？』ってお亀様（亀や牛には名前がない）は答えたっけ。『なら、僕にお茶をいれることだ』はいはい、と言いながらハルカは流した。最初に描いた、あの話は評判がよかったなあ。

ハルカを憂鬱な人格にしたのは、最初に描いた絵の目つきが悪かったせいもあるし、前向きで可愛い女の子の心を描くのは疲れてしまうだろうというのもあった。

私はハルカと似てもいないし、ハルカのようにヒキコモリではないけれど、ハルカの人格は私によく馴染んで、彼女が怠惰なことを言うたびに、少し心が楽になった。

私の分身なんかじゃ、ないけれど。

「いいか、この設問は前回の試験から組み込まれた形式だからな！」

講師の先生が声をはりあげている。情熱的で、人気も高い先生だ。

「去年できなかった問題、今年もできなけりゃ浪人した意味がないぞ！　現役より二歩でも三歩でも先を行け！」

設問を蛍光マーカーでぬりつぶしながら、私は漫画に描く外国人の容姿を決めて行く。外国人顔ってどんなんだろう。そばかすはつけた方がそれっぽいかな。青い目って、どんなぬり方をすればいい？

描いて行くうちに、なんとなくコマ割りが決まってきて、数話はこのキャラクターでもちそうだな、と思う。

ホワイトボードの前では、先生が大声で長文を読み解いて行く。彼の熱弁が浪人生活に意味を与える、らしい。私は明日も漫画を更新できそうなことに安堵する。少なくないお金を払って過ごす、この噛み合わない時間のなんと無意味なことだろう。

教室の時計の針の音が、追い掛けて来るみたいだ。私はただ、逃げるようにシャーペンを動かす。

神社にトムがやって来た。
『ワーオジャパニーズビューティフォー！』
『なにこの客』
『迷ったみたいだよ？』とお亀様。
『外人だー』『パッキンだー』外野の牛と馬は騒ぐだけ。
『WAAAAAOOOO』喋る動物に感激するトム。
『ハルカ、なにか喋ってよ』
『いやよ！　英語なんてできるわけないじゃない！』
自信満々に言うハルカ。外野が頷く。
『さすがヒキコモリ』
『やーいおちこぼれー』
『殺すわよ！』

ハルカを見つけたトムが、その手をしっかりつかんで言った。

『ジャパニーズ、シスター、ＭＩＫＯ！』

『はぁ？』不愉快そうな、ハルカの顔。

以下、アニメオタクなトムとの、迷惑な国際交流。


何日かにまたがって、トムのエピソードをいくつか終えれば、季節は夏の終わりから秋へと転じていた。

神社の秋祭りは、曜日ではなく日付に準ずる。

だから毎年曜日が一定なわけではないし、必ず休日に行われるわけでもない。それぞれの神様の縁日に合わせて行われるから、平日に祭事が重なると、学生バイトの巫女を捜すのも一苦労なんだという。

巫女のバイトと言えばお守り売りが一般的なのかも知れないけれど、私が請け負う春秋の祭りでは、そんな仕事をしたことはなかった。巫女服を借りて、参拝客からお参りのお金を受け取り、希望があればお祓い（はら）をして、お礼にお下がりを渡す。祭事の手伝いもして、終わったあとの直会（なおらい）では、下手くそにお酒を注ぐ。参拝者は日に二十人から三十人くらい。びっくりするくらい暇な仕事で、決して子供だましじゃない額の報酬が出る。

初めて巫女のバイトをした時は、そのお金でペンタブレットを買ったんだ。一番メジャーな会社のやつ。ＷＡＣＯさんの名前は、そこからも来ている。

「仁沢さん、お供え片付けるの、手伝ってくれる？」

「はいっ」

お客を迎える拝殿で居眠りをし掛けていた私は、宮司さんに言われて慌てて立ち上がった。膝の上に置いていた日本史の参考書が落ちる。正座はしていなかったけれど、長い時間同じ姿勢でいたので、足が痺(しび)れていてよろめいた。

「大丈夫？」

明るい緑の袴(はかま)を履いた宮司さんは、姿勢のいいおじいちゃんだった。私がバイト中寝ていても怒りはしないし、むしろゆっくり寝かせておいてくれるような人だ。

私はハルカと同じ赤い袴を履いて、ハルカには着せていない千早を羽織って笑う。

「大丈夫です」

宮司さんと一緒に、本殿の奥に供えられたお米や野菜、御神酒(おみき)を片付けて行く。小さな神社だけど、ハルカのいるようなおんぼろじゃない。

境内の板張りには赤いじゅうたん。神様のいる所だから、手入れが行き届いてる感じがする。どんなに小さな神社でも、周囲はしっかり窓硝子で包まれていて、吹きさらしということもない。

拝殿の入り口に置いてある賽銭箱は新しいものなのか、中の黒い柱に馴染んでいなかった。眠気を誤魔化すためにそこまで行くと、外に悠然と座る牛の像が濡れていた。以前、なんで牛？　と宮司さんに聞いたら、牛は神様の乗っている車を引いているのだと教えてくれた。

小雨の中でもどこからか、金木犀のにおいが流れて来る。

「お客さん、来ないですね」

「あまりいい天気でもないし、二日目だからねぇ」

宮司さんが隣の社務所で煙草を吸いながらぼんやりと答える。煙草のにおいと、火鉢に差したお香のにおいがまざって、なんだか、親戚の家で迎えるお正月を彷彿とさせた。

「今年は仁沢さんが引き受けてくれてよかった。浪人生、大変でしょう」

馴染みの宮司さんは、私の近況にも詳しい。

「大変じゃないと、いけないんですけどね」

曖昧に笑うことで答えを誤魔化して、境内の中を見て回る。

馬、の一字が鏡文字になって描かれている。左馬、というらしい。縁起物だと教えてもらった。

次の漫画、なにを描こうかなぁ。そんなことばかり考えてしまう。トムの話も一段落ついてしまったし。昨日さぼったから、今日くらいは更新しなくちゃ。

落ちた参考書の隣で、マナーモードにしてある携帯電話が光っていて、慌てて手に取った。どこかの記事に遅れてコメントが入ったのだろうかと思ったら、県外に進学した高校の同級生からのメールだった。【今度の連休、帰省するの。よかったら、みんなで会わない？】過剰にデコレーションされた色とりどりの文字。ご丁寧に、サークルの先輩の車に乗せてもらうから、夜は遅くなれない、だなんて書いてある。

パン、と音を立てて、二つ折りの携帯電話を閉じる。苛立ちと不安がないまぜになったような不愉快な気持ちになった。返信はしない。空気読みなよ。こっちは暇じゃないんだよ。……それは、全くの嘘だけれど。ただ、ブログのコメントに返信しないように、このメールにも返信しないだけだと、自分に説明をしてみせる。

近くの小学校から、五時を告げる鐘の音が聞こえた。

「大学は地元に？」

宮司さんが尋ねてきたので、振り返った。

「えーと、受かったところに」

大体目星はついていたけれど、浪人前とそう変わらない偏差値で、口にするのが恥ずかしかった。宮司さんは追及してこなかった。

「地元でしたら、またよろしくお願いします」

「はい、是非」

頷く。

「仁沢さんは、将来の夢とか、あるんですか？」

突然聞かれて驚いた。なにか言おうと言葉を探すが、形になるようなものはない。

「…………特に、ないです。つまらない人間だから」

「そんなことないですよ。……でも、そうですね」

宮司さんの言葉は、下手なフォローには聞こえなかった。ひとを諭すことに、慣れているからかも知れない。しみじみと、付け加えた。

「いつかは、なるものに、なるだけですから」

でも私には、その意味がわからなかった。わからなかったから、言葉に詰まって、強引に話を変えるようにして聞いた。

「あの、年齢制限って、あるんですか？　巫女って」

煙草を終えて立ち上がろうとしていた宮司さんは動きを止めて、笑う。

「ああ、一応、ありますけどね。年齢というわけではないですが……。一応、結婚をするまで、ね」

一応ね、と繰り返す、その言葉の真意をなんとなくくみ取って、私は頷いた。

結婚をするまで。清いからだでいるまで、ね。

小雨の降る神社を眺める。濡れた手水場、石の鳥居。

ハルカは、いつまで巫女をやるんだろう。ふと思う。あのヒキコモリでやる気のない巫女さんは、いつまであの場所にいるんだろう。あの神社に。あの紙の中に。あのブログに。

そう長くはないだろうな、と思う。

どこかでおしまいがある。だってハルカは永遠でも無限でもないんだものね。

芳香剤みたいな、金木犀のにおいがする。

曇り空の向こうで陽が落ちて行く。秋の夕方はモノクロで、グレースケールだ、と思った。

『巫女の仕事って、何歳までとかあるの？』

ハルカが突然尋ねると、煙草を吹かしていたお亀様が答える。

『この仕事ができるのはハタチまでだよ、ハルカ』

『処女だけどね！』

『やらハタでもね！』

『（バシンバシン！）』野次る周囲を箒でしばき倒すハルカ。

『そもそもハルカって、仕事をしてないけどね』とお亀様。

無視をして、そうか。とハルカのモノローグ。

そうか、ハタチまでか……。

ハルカ、手首のアップ。背景に散る落ち葉。

処女、ってな。やらハタとか。使うのかな、今時。やらずにハタチを迎える、って。少なくとも口には出したことがないなと思った。下品で、胸のあたりがざわざわするけれど、心にひっかかるインパクトがあるからこのままで。描き直すのも面倒だ、というのが一番正直なところ。

家族の寝静まった夜中。パジャマを着てパソコンのある部屋に忍び込んで、スキャナのスイッチをいれた。部屋は寒かったけれど、デスクトップが立ち上がれば、その放熱で室温が少しは上がるだろう。立ち上がる間に描き上げた漫画を見返していたら、最後に署名をいれていないことに気づいた。

一番下のコマ、枠外に、WACOとアルファベットで名前をいれる。このブログをはじめてから使い出したハンドルネーム。漫画にはみんないれてるけど、自意識過剰だなって思わなくもない。いいんだ、自意識過剰で、恥ずかしい。ものを描くってことはそういうことなんじゃないかって、私程度でさえ思うんだ。

左肘をつきながら、マウスをクリックして、いつものようにスキャニングを続ける。更新情報を書いたら、たまには少し、近況を書こうかなという気持ちになった。

WEBに漫画をアップするWACOさんは、あまり自分の話をしない。予備校と自宅の往復の毎日に、目新しいことはないし、自分の現状を再認識ってのは、なんにしろ気分のいいものじゃないから。

でも、今日の更新をそのままそれだけ置いておくってのもなんだか座りが悪くって、誤魔化すみたいに文章を打った。

【すっかり秋ですね。金木犀のにおいがすごいです。焼き芋食べたい。】

それだけ打ったらもう言葉が尽きた。アップロードの前に、焼き芋のくだりを消した。神社で焼き芋って、いいエピソードかなって思って。これからの更新に使えるかも知れない。最近はマンネリでネタも尽きているから。私の近況なんかより、漫画の方が大事だし。ああ、焼き芋食べたいな。たき火で焼き芋なんて、やったことないけれど。ハルカならやるだろう。

青白い光に照らされて、パソコンデスクの椅子の上、体育座りをしながら、ネット上を行き交いする。馴染みのイラストと漫画のサイトをめぐって、更新があればそれを見て、特にコメントも残さず、結局自分のサイトに戻って来る。

自分の巫女の漫画はもう百近くあった。春の終わりにはじめて、半年も近く。実際には、数ページに渡るエピソードもあるので、話数としてはもう少し少ない。けれど、よく続いたものだと思う。自分の飽きっぽい性格や諦め癖を鑑みても、十分に頑張ったと言えるんじゃないだろうか。

アクセス解析のページを開く。累計の閲覧者数を示すカウンターとは別に、自分のサイトに、日に何人の閲覧者があるかが表示されている。昨日から更新がなかったから、いつもより少なくて、八十くらい。今日はここで更新をしたから、明日は百五十くらいに持ち直すといいんだけれど。

日の閲覧者が百を超えるようになるまで、一ヶ月くらいかかった。苦労したけど、その時が一番面白かったような気がする。はじめたばかりだったし、コメントにも逐一返事をしていた。

好きです。楽しみにしています。それだけの言葉が、嬉しかった。今はどうだろう。顔の見えないＷＡＣＯさんの読者（読者！）の反応。いなくなったら悲しいだろうと思う。だからといって、読者がいてくれるから描いて行くってわけでもないよな。

一ヶ月のうち三日間くらい、発作みたいに全部やめちゃいたいなって思う。上手く描けない時や、お話が思いつかない時。それから、こうして夜中に漫画をアップロードしてすぐ。全部綺麗に消して、なかったことにするんだ、って。汚い鉛筆描きの漫画なんてさ。

誰が喜んでいてくれるわけじゃない。自分のためなのかどうかもわからない。

一通り回ったら、今日の記事にコメントがついているのに気づいた。開いてみる。覚えのあるハンドルネームだった。何度かコメントを残してくれたことがある人だ。更新した漫画の内容には触れなかったけれど。書き込みはこんな風だった。

【うちの庭にも金木犀の花が咲いています！　すっかり秋ですね。焼き芋食べたい～】

ディスプレイモニタを見ながら、小さく笑ってしまった。

珍しく、返事をしようという気になった。コメントのページを開いて、キーボードを叩く。

【私もそう思っていたところです。今度はハルカに焼き芋をしてもらいましょう。】

寒かった部屋が、あたたかく感じられた。それは古いパソコンの排気熱なのか、もっと違う理由なんだろうか。

ひとりじゃないのかな、と思う。誰かが待っているし、誰かを癒したり、喜ばせたり、そんな力が私の漫画にもあるんだろうか。

そんなことを思いながら視線をずらすと隣の窓ガラスに自分の顔が映っていた。平凡で、どこか疲れたような顔。

そうだ、うぬぼれは醜い。期待はしたくない。

パソコンの隣にあるカレンダーを見た。今日はセンター試験の、願書を提出しなくちゃいけないんだった。バイトでしばらく予備校を休んだから、授業がどこまで進んでいるのか、わかんないな。

浪人生、折り返しを経て終盤戦。

疲れたなぁと思った。なんにもしていないのに。なんにもしないことは、どうしてこんなに疲れるんだろう。

　他のひとより一日遅れて、センター試験の願書の確認と一緒に、志望校を書いた紙を提出しに予備校の講師室のドアを開けた。事務仕事も行っている国語の先生が確認してくれた。

「親御さんはこれでいいって？」

　はい、と答える。

「そう」

　事務的に頷く先生。

「地元以外は受験しない？」

「しないです」

「そう」

　にっこりと笑う。綺麗に化粧をした、営業の笑顔。じゃあがんばってね。はい、がんばります。で拍子抜けなくらい簡単に面談が終わった。

　こういう時、自分はお客さんなんだなと感じる。先生は、教育関係者でもサービス業だ。子供相手に、あるいはその親相手に客商売をしなくちゃいけない。

講師の先生の中には、予備校が広告塔にしているような人もいて、都会から来て過激な言葉を浴びせ掛ける。それに感化される生徒だってたくさんいるだろうけど、それらは個々人へのメッセージではなく、その人のパフォーマンスなんだろう。

ここには学校のような愛情がないし、だから抑圧もない。

講師室から出ると、狭い廊下で泣いている女子とすれ違った。個人面談に使われる面談室から出て来た悲壮な顔に、必死なんだ、って思った。必死なんだ。懸命なんだ。そうやって生きていたら、どこにいても苦しいし、熱をもって生きられるんだろう。

須和子さんは、大学に落ちた時も泣かなかった。

家族はそれまでどちらかといえば私を放任してきて、もちろん人並みなしつけや教育はしたけど、不合格だった娘が一番ショックだろうからと、強いことは言わなかった。あまりショックに思えなかった自分がむしろ申し訳なかったほどだ。

浪人生になって、少しは干渉して来るかなと思ったけど、言葉はいつも決まり文句。「がんばってるの？」「ちゃんとやってるの？」耳にタコ。「うん」「なんとか」それも言い飽きたよ。

もう一度地元の大学を受けると言ったら、お母さんはちょっと不服そうな顔をしたけれど、さすがに二浪は外聞が悪いんだろう。「絶対落ちないでね」それはまぁ、消極的な希望だ。

教室に入る、肌がピリピリとして気が滅入る。こそこそと聞こえる会話は志望校や偏差値のあれやそれ。私はこの教室の落ちこぼれ。別にいい。友達ってのは億劫なものだし。当たり障りのない喋り方ってやつも忘れてしまった。携帯を開けたら、昨日の書き込みに続けてレスがついていた。私の返信がよほど嬉しかったんだろう。

授業が始まる。

須和子さんには誰もいないけれど、WACOさんを待っていてくれる人がいるし、私の言葉ひとつで喜んでくれる人がいるんだなんて、むなしさを誤魔化して自分を慰めて、授業の用意をする。

「!」

はっと気づいて、ファイルの中を漁った。ぶわっと体温が上がって、肌が粟立つ。記憶を探る。やばい。

昨日描いた漫画の紙、家のパソコン部屋に、忘れたままだ。

夕方バスを乗り継いで家に帰ると、祈るような気持ちでパソコン部屋のドアを開けた。パソコンを誰も使ってなかったらいい、と思った。私がいない時に、お母さんがメールチェックに使ってることは知っているけど。今日は午後からパートの日だし、もしかしたら、大丈夫、大丈夫かも。

半開きになっているスキャナのふたを上げる。

なにもない。ガラス面。忘れたならここだと思ったのに。ごくっと喉が鳴って、辺りを見た。どこに置いた？　どこに置かれた？　誰が、さわった！

パソコンデスクのすぐそばにゴミ箱があった。白い紙が見えた。震える手で取り上げて、一気に広げた。

くしゃくしゃに折り目のついた、２Ｂの鉛筆、私の、漫画があった。

捨てられてる、と思った。

血が落下するイメージ。さあっと温度が下がる。ゆらっと視界が揺らぐ。

お母さんは読んだのだろうか。読んだかどうかはわからないけれど、視界にいれたに違いない。処女。やらハタ。私の血にのって巡る羞恥。浪人させて、お金を出して、予備校に行かせて、でもその娘は、面白くもない漫画を描いていて、さぞかし腹立たしい気持ちになったことだろう。もしくは、どうでもいい落描きだって思っただろうか。まるめて捨てる気持ちもよくわかる。

私の落描きした紙切れ一枚、なんの価値もない。

これはゴミだ。

知ってる。

これはゴミだ。

知ってるよ!!

ぺたんと床に座って、ぶるぶると震えた。どういう震えかはわからなかった。怒りかも知れなかったし、絶望かも知れなかった。ずっとついてまわる、自分への諦めかも知れなかった。

知ってる、知ってるよ。

私の描いてるものがゴミなくらい、誰に言われなくたって、私が一番、分かっているんだから。


焼き芋を焼いている。

『寒くなってきた』

『そうだね』とお亀様。

ハルカは、

ブスだなぁ。

音を立てて、紙を破った。時刻はもう明け方だった。自分の部屋は寒く、お茶が冷えていた。今日も午前から予備校があるのに、一体なにをしてるんだろうな。センター試験も間近に控えているのに。

机にぺったりと頬をつけて、紙くずを投げた。まるめて捨てる。たったそれだけのこと。

漫画が家族に捨てられてから数日、サイトの更新を止めていた。パソコンを立ち上げてもいなかった。ネットの巡回もしていない。お母さんは、なにも言わなかった。それが気遣いなのか、怒りなのか、それとも母親としての怠惰なのか、よくわからない。ただ、話題に出すほどのことでさえないっていうのは、はっきりしていた。

もう全部やめてしまいたい。でも、勉強はしたくないし、他にやりたいこともない。描けば苦しい。描かなくても、苦しい。生きているのは苦しい。好きなものがないのはつらい。多分、大学生になって、友達をたくさんつくって、楽しいものを見つけたら、漫画なんてすぐに忘れてしまうんだろう。

小学校の、卒業文集。将来の夢に、漫画家って書いた。

夢。

漫画を描くのって、案外面倒なことなんだ、と気づいたのは中学生の頃だ。シャーペンとノートだけでね、できることじゃあない。ネームを切って下描きをして、枠線を引いてペン入れをしてベタをぬってトーンを貼ってね。今じゃ結構デジタルでもできるらしいけど、それだって初期投資はたくさんかかる。ペンタブレット、少し使ってみて無理だなって思った。

落描きじゃない絵と漫画は、とにかく根気がいる。

怠惰な須和子さんにはちょっと無理だ。

そうじゃなくても、才能とか、画力とか、だめ押しに努力とか、必要なものは山ほどある。

中学校の友達で、松井(まつい)さんという、とっても絵が上手な子がいた。さほど仲がいいわけじゃなかったけど、松井さんの絵を見た時「ないな」って思ったもんだ。

あー、ないな。私に漫画は、ないな。

持って生まれた違いがある。有り体に言えば、才能とかセンスとかいうやつ。スタートラインが違う。最初から持たない人間である私が、誰かに追いつくためには、途方もない努力が必要なんだ。それは一番私に足りないものだ。

　高校が別になったけど、松井さんは今も、絵を描いているんだろうか。あれほど才能があっても、今でも漫画を描いてるとは、どうしても思えなかった。彼女でさえそうだろうと思うのに、なんにもない私は、なにしてるんだろう。

　いつかは、なるものに、なるだけですから。

　宮司さんの言葉が頭の中をぐるぐるする。そうだ、なにかにならなくちゃいけない。なにかになってしまう。どんな風に生きても、生きただけのものに。

　空が白くなって行く。今日は模試を受けなくちゃいけない。だからそろそろ眠らなくちゃいけないし、目をさまさなくちゃいけない。

　目を、さまさなくちゃいけないんだ。


『子供の頃、なんになりたかった？』

『なんにもなりたくなかったわ』

　ハルカは言う。

『とにかく大人になんて、なりたくなかった』

『今は?』

ハルカの横顔。次のコマも同じアングル。目を閉じる。

『今も』


センター直前模試で、とんでもない点数をたたき出してしまった。もちろん悪い意味で。その模試の結果は家に郵送されてきたから、運悪くお母さんの知るところになり、さすがに私でも、「詰んだ」ってのはこういうことだなと思った。

現役時代である一年前より二〇点近く下がった模試の結果。さんざんな、志望校の合格確率予報。さもありなん、という気持ちだってある。

ここしばらくの自分の無気力に磨きがかかっていて、この調子じゃ、多分二度目の受験も失敗する。あまりに当然のように。

テーブルに座った母親が、ため息を吐きながら言った。

「須和子はいつも、パソコンをして」

私はもう一度思う。さもありなん、ってやつだ。

うん、と小さく頷いた。

「大学に行ったら好きなことをどれだけでも」うん。「今須和子に一番必要なのは」うんうん。「どれだけお金をかけたと思ってるの」うんうん、うん。

そんな多くのことを望んでるわけじゃない、とお母さんは言う。人並みの大学を出て、人並みな就職をしなさい。そのために浪人したんでしょう？

どれもその通りだった。

「いつも、落描きばっかり――」

「もう、やめる」

断ち切るように、言い切った。それ以上は聞きたくなかった。泣きたいように腹立たしかった。お母さんに対してじゃない、自分に対して。

それから、八つ当たりみたいに、ハルカに対して。

あの子なんて描かなかったら、今頃。

もういい、やめればいい、と思うけれど、でも、やめるんじゃだめだと思った。消して、やめて、フェードアウトじゃなくって、おしまいにしないと。ちゃんと終わりにしないと、私はまた、未練を残してしまう。

テーブルに手をついて、私はお母さんに頭を下げた。

「一回だけ、お願い一回だけ。最後に、三〇分だけ、後始末させて」

　こんな甘いお願いを許してしまうのだから、私のこの怠惰な性格は、母にも責任の一端があるんじゃないだろうか。そう思ったけれど、あまりにずさんで、ひどい論理だ。

　しんどいな、と私は思う。散々な模試の結果を見ながら、自分の疲労を自覚した。怠惰は疲れるんだ。

　やるべきことから逃げずに、頑張れたらもっと、気持ちがいいだろうに。もちろん、それができるなら、こんなところにいない。

　ヒステリックに、なにもかも壊してしまいたかった。

　死にたい、という気持ちが、一番近かった。もう死んでしまいたい。けど、死ぬほどの情熱なんて、あるわけない。

　ハルカが羨ましかった。ヒキコモリで、怠惰で、優しくされることに慣れた巫女。好きですと言ってもらえるハルカが、好きになってもらえる彼女が。

　でも、ハルカは須和子ではないし。私はハルカにはなれない。

　須和子さんは臆病者ですからね。死にたくなってもなにもできないけれど。その代わり、この癇癪（かんしゃく）を、ぶつける先があった。

　おめでとう須和子さん。よかったねＷＡＣＯさん。

終わりをあげる、と私は思う。

合法的に。平和的に。穏便に。私のものであるあの子。私の自由にできるあの子。

あの子を殺そう。


『あ』

カレンダーを見た、ハルカが言った。

『誕生日、だ……』


ちら、と現実の日付も見た。十二月の、三日。そんなもんでいいだろう。

雪、描きたかったなぁ、と思った。冬の神社の巫女の仕事は馴染みがないけど。

クリスマスも描きたかった。でも、もうしょうがないな。

最後の漫画を描くのは、空調のきいた予備校じゃなくて、寒い寒い自分の部屋。茶色い机にかじりついて、私は２Ｂの鉛筆を走らせる。一枚じゃ終わらない。何枚かかってもいい。

私の下手くそな絵でも、今、描けるだけのものを描かなくちゃいけない。

だって、終わりなんだ。

おしまいなんだ。

ずっ、と鼻をすする音が部屋に響いた。

漫画を描き続けるのなら、ハルカの時間をとめてしまおうと思っていた。ハルカはずっとあのおんぼろ神社にいる。季節が巡っても、彼女の時間は巡らないで。他の神様と一緒に。

それは夢みたいな円環の構造だけど、必然性だって、理由だってあったんだ。

誰にも言わなかったけどね。

多分、ハルカがこのおんぼろ神社にいるのは、こんなタネがあるんだよって、須和子さんだけは、ＷＡＣＯさんだけは知っていたんだ。


『ハルカ』

横並びに並ぶ、神社のみんなが。

『そろそろおしまいだよ』

『なに、みんな、あらたまって』ひきつった顔で笑うハルカ。
『これまで、ありがとう』笑わないみんな。
お亀様が、言えばいい。
『ハルカ。
そろそろ君は、成仏しなくちゃいけない』

一コマ、一コマ、つなげて行く。半年以上、描き続けていた顔だ。手が、覚えてるから大丈夫。生きてる感じに、描けたらいい。下手でもいい。気持ちがあって、心があって、生きてるような、顔を描きたい。ひきつった顔で笑うハルカの顔を描いたら、私の頰も、同じように引きつった。

がりがりとコマを塗る。指をつかって、色を伸ばす。線でなく、面が黒くなるように。右手の小指から手の平、側面が黒くなって行く。鉛の味を、思い出す。何度も舐めた、２Ｂの鉛筆の味だ。

真っ黒になった画面の中で、目を見開いたハルカの姿。
次のコマ。同じ顔。
服だけは、制服。
『ハルカ、君は、四十九日前にこの神社にやって来た』
『人間の、君は』
木から下がる、黒い、シルエット。
『この神社の裏で、首をくくって死んだんだ』
優しくみんなは言うだろう。
『四十九日の間。仕事をしてくれてありがとう』
感情の消えてしまった、ハルカの顔。
『あ……そう、だった』

おかしなものしか訪れない、おんぼろ神社。
亀が喋る。馬が喋る。牛が喋る。
そんな神社で、働く巫女だけが、普通の人間だなんて。

そんなこと、あるわけないでしょう？
やさぐれた目をした巫女のハルカさん。
どうしてそんな、所にいるの。
思い出して。

突然ハルカの首に浮かび上がる、黒い、縄のあと。
そうだ。
あたしは。学校でいじめられて。不登校で。生きて行くのが嫌になって。
この、裏山の、さびれた、神社の裏。
あの細い木の枝裏で。
あたしは、首を。吊ったんだ。
『やー忘れてた。忘れてたよ』
笑うハルカ。でも、その目は描かない。口だけで。
『なんでこんな大事なこと忘れてたんだろうね！』
『でも、思い出しただろう？』優しい顔をしたお亀様。

『うん！　えっとじゃあ、行かなきゃいけないんだよね？』
『なかなか、新鮮で、楽しかったよ』お牛様も言う。
『あたしほんとに、処女どころか、友達もいなくてさぁ』
自虐みたいに、笑う。
『いたら死んでないか。そうだよね』
おんぼろな神社を、見返すハルカ。
『こんだけ奉公したんだもん。自殺だけど、天国、行けないかなぁ』
『大丈夫だよ。君は、大丈夫だ』お亀様、神様の顔をしてる。
『そ、そうかな？　ホントそうかな？』
ハルカは怯えている。ハルカは怖がっている。なにか大きなものに対して。
それでも、勇気を出そうとしている。
『じゃ』

震えが描けるだろうか。
私の文字の震えが、ハルカの震えが、ちゃんと、伝わるかな。

ハルカはヒキコモリで仕事もしなくて、どっちかっていうとダウナーでよく箒を振り上げて暴力的だったけど。
多分、他の、みんなのこと。好きだったよ。

『じゃあみんな、元気でね』
ハルカの、服がいつの間にか、制服に替わっている。
彼女はもう、巫女ではない。最初から、神様の使いではない。でも。
でも、神様も、ハルカのこと。
『ハルカ』
『僕ら、楽しかったよ』
『ハルカ』
『今までありがとう』
『ハルカ』
『僕ら、君が。好きだったよ』

ぽた、と音をたてて、お亀様の顔の上、私の涙の雫が落ちたから、慌ててこすってぬぐいとった。

パジャマの袖で目元もふいたら、親指と人差し指で自分の鼻、挟むようにして、鼻をすすった。涙が邪魔だった。

(笑え)

最後のコマだ。これが最後のコマだ。美人じゃない、ハルカの顔を描かなくちゃいけない。制服？　いや、巫女服だ。あの子は巫女じゃなかった。でもおんぼろ神社で、確かに巫女だった。

鉛筆を持つ、手が震える。

(笑え、笑え笑え笑え笑え笑ってくれ……!!)

お願いだ！　最後のお願いだ！　最後くらい、美人に、笑ってくれ、ハルカ!!

あんただってちょっとは、可愛かったたって、思われたいじゃない。

最後くらい、思われてよ！　お願いです！　どうせ誰の心にも残らなくてもさぁ、破り捨てられちゃうようなどうでもいい存在でも！　なんにもならなくてもなんにもなれなくても！　生まれてきたんだから、生まれて、来たんだから！

必死になって描く。願いながら描く。最後のコマは、コピー用紙一枚、全面を使って、何枚も何枚も描き直す。丸まった紙のゴミ、がゴミ箱にたまって行く。

私の漫画はゴミだ。

でも、ゴミだっていい!!

せめて、せめてせめてせめて。

（笑ってよおおお！）


『ありがとう』


鉛筆の倒れる音がした。

窓の外は、すっかり明るくなっていたことに、ようやく気づいた。時計は六時前を差していた。

最後に、親指の腹で、ハルカの髪をなぞった。まるで、彼女の髪を、梳(す)くようにして。

頑張った。頑張ったんだけどな。

――泣いてる風にしか見えないよ。ごめんね、ハルカ。

須和子さんったら、ＷＡＣＯさんったら、怠惰で、臆病者で、本当に、ごめんね。

最後までこんな不細工な顔しか、描いてあげられなくって。

でも、ありがとう。

「ありがとう」

立ち上がって、パソコン部屋に。それぞれのスイッチをいれて。

事務的な作業を繰り返して、漫画を取り込む。何度もやった作業の、仕上げに、打ち込んだ。

【12月5日　巫女漫画　最終話更新】

泣きすぎて朦朧(もうろう)とした頭で、それだけにしておこうかなと思ったけど、最後に一言、書き添えた。

【今まで、本当にありがとうございました】

この最後を、悲しんでくれる誰かがいるなんて、今は信じられないけれど、もしも誰かがいるのなら、ありがとうと言いたかった。

ハルカの分まで。どうもありがとう。

私の決意が、ちゃんと、大学の合格まで届くかは、今はわからないけれど、自分なんて、信じられないけれど。

それでも、ハルカを殺したんだから。この別れには、この痛みには、この悲しみには、それだけの、意味があって欲しい。

タイムリミットにはもうギリギリだった。手順を踏んで、電源を落とす時間がなかった。主電源を指で強く押して、強制的に、パソコンを落とす。

別れの言葉を言おうかと思ったけれど。

ぶうん、と、ため息のような、音がした。

それがおしまいだった。


まだ少し風は冷たかったけれど、天気がよくて、陽差しに春がまじっていた。

坂を上がると、人だかりが見えた。喜んだり、悲しんだり。制服じゃなくて、私服だから、ちょっと隅の方から、それなりに、人並みに緊張して、屋外に出された掲示板を覗く。

学部を見つけてから、六桁の番号、たどっていって。

あ、あった。

三回確認した。やっぱりあった。そうか、と思った。

そうか私は、ここの大学生になるのか……。

一年遅れの合格発表は、一度落ちた、地元の大学だった。現役合格した同級生も多いだろうから、会ったら気まずい思いをするかも知れない。でも、それはあとで考えればいいことだなと思った。

坂を下りると、黒いミニバンにはお母さんが待っていた。駐車禁止だから、停められなくって。

「受かってたよ」

言ったら、明るい顔をされた。「おめでとう」って。あ、嬉しいなって思った。心配かけてたんだ。喜んでもらえて、嬉しいなって思った。私も嬉しいんだと、感じた。

重たい扉を閉めながら、「ごめんね」と小さく呟いた。「なにが?」と返す、お母さんの口調が本当に軽かったから、笑ってしまった。

放任で、いいこともある。私の怠惰は私の責任で、でも、それでも、できることだってあるんだと思った。

家に帰って、予備校や親戚に連絡し、友達に久々のメールをいれて、私はパソコン部屋に向かった。

少し冷えた部屋の、パソコン電源を、数ヶ月ぶりにつける。

最後の記事を上げて、コメントのメール転送もオフにしていたから、私のブログがどうなったのかはわかりようがなかった。

息づかいの音のように、ファンが回る。

（ハルカ……）

最終話の、ページを開く。

【コメント（23）】

その数字を見た時、涙が浮かんだ。

私の描いたあの最終話を、見てくれたひとがいて、こうして、言葉を残してくれるひとがいる。震える指でクリックをする。

あふれ出す、言葉。ディスプレイに浮かぶ誰かの感傷と感情。

【ショックです。】【ハルカちゃんありがとう】【つい最近知ったんだけど、好きでした。本当にありがとう！】【最終話なんて信じたくないです】【まだまだ読みたいです!!】【ハルカは生きてますよ！】【ハルカちゃん、幸せになってね】

知ってる名前もあったし、知らない名前もあった。そこにいた誰かのことを思いながら、頷きながら私は思う。

ハルカは生きていた。ちゃんと、生きていたんだ。あの、下手くそな笑い方を、ちゃんと、泣いていると、受け取ってくれたひとがいたんだ。

涙が落ちた。でも、もう、自分に泣くなとは言わなかった。

あれから、受験に向けて最後の追い込みをしながら、大学に合格したら……と思うようになった。

大学に、合格したら、また漫画を描きたい。

私はまた持ち前の怠惰を遺憾なく発揮して、諦めてしまうかも知れないけれど。下手くそだけど、才能ないけど。

漫画、描くの、楽しかった。

見てもらうの、嬉しかった。

逃避じゃなくて、癇癪でもなくて、誰かのためじゃなくてやっぱり自分のために。

2Bの鉛筆を取る。その辺にある、紙を拾って。線を、落とす。

忘れてしまったと思った、絵の描き方も、漫画のコマも、太い鉛筆の芯の感触が、思い起こさせてくれる。

最初の漫画。

――――は、最後の漫画にしようと、決めていた。

ハルカの。本当の、最後の漫画。

目が覚めたのは、白い病室。
ハルカ、ハルカハルカハルカ！
名前を呼んでいる。家族。走って来る。お医者さん。
『ハルカが、目を醒ましたんです……！』
白い病院服を着たハルカが、寝かされている。
首には黒い、あざがまだ残っている。
『お亀、さま……』
ハルカの涙がこぼれる。
握りしめていた手の中から、亀と、牛、馬の、根付けが落ちる。
最後はモノローグを、一行。誰の顔もないけれど。
誕生日おめでとう、ハルカ。

誕生日おめでとう。それから、今度こそ、さようなら。

どうか、あなたのこれからの未来が、素晴らしいものでありますように。

ハルカのことを好きになってくれたひと、みんなに届くとは思えないけれど、いつかまたこのブログにたどり着いて、ハルカのことを見返して、最後のこの漫画を、見つけてくれたらいいなと思った。

ハルカはなにかになるよ。ちゃんと、私の手を離れて、さ。それから私もまた、なにか新しいものを、多分、描くよ。

できた漫画をスキャニングをしながら、何度もコメントを見返していたら、ひとつにこんなものがあった。

【WACOさんの漫画が本当に好きでした。長い間ありがとう。次の話も待っています。このお話のタイトルなんですが、巫女漫画でいいんですか？】

気づいて笑ってしまった。そういえば、一番最初に適当に決めて、ちゃんとタイトル、考えたこと、なかったな。

カレンダーを見る。

少しだけ考えて、そっと、付け加えた。

【3月8日　巫女漫画『19歳』　エピローグ更新　完結】

戦場にも朝が来る

雪の降る街で生まれた。そのことはもう全ての象徴だった。ここにはもう、いいことなんかなにもないということの。はじまった時から終わってる人生の。

毛穴を殺したはずの肌を、焼かれる前のチキンみたいにブツブツにして、唇が不味そうなチョコレート色になるような、冷たい空気の中で生きてきた。リップひとつも色つきじゃないと用をなさなかった。本当は、ここは、人間の住むところなんかじゃないって、雪の降る街に、雪が降るたび思い知らされた。

少なくとも一年の半分はそういう寒さの中で耐え忍ばねばならないのに、だのにまだこの土地で生きている。冬になれば路面が凍結する街に。バスが一時間に一本もなくて、老人ばかりがのろのろと道路の端を歩いている国に。

生きたまま冷凍されそうな、その息苦しさが嫌で家を出たはずだった。なのに、あの家から一時間もかからないこの街からは出られないでいる。

きっとそれもこれも、雪の降る街で生まれた呪いなんだろう。

あたしの仕事はいつも昼過ぎからはじまる。ジャージを着て出勤して事務所のロッカーで高校の時の制服に着替えて、ちょっと歪んだ鏡がはめてある部屋の中で、化粧をしたり髪を巻いたりネイルをしたり、眠かったらうたた寝をしたりして、それ以外の時間はずっとスマホをしたりする。それだけ。

まあ、ほんとにただ、それだけ、ってことはなくて。鏡みたいなガラスの向こうにはそれを見ている男の人達がいて、その人達があたしにお金を払っている。いや、あたしにはお金を払っていない。そこにいる時間にお金を払う。お店に払う。払って、なにをしているのかは知らない。いやいや、そこまで子供を馬鹿にしちゃだめだわ。知らないわけがないよね、でも知らないふりをしている。知ったってどうしようもないし、結構もうどうでもいいから。

『アメリちゃん』

マネージャーがスピーカーを通して、外からあたしに話しかける。

『靴下のオプション入ったから』

それは、脱いでっていうこと。あたしはふくらはぎまでのハイソックスを手早く脱いだ。脱いだ靴下は、もう返ってこないのだった。もちろん代わりの靴下は店がくれるし、ほんとのほんとに安物の靴下だから、惜しくはないけど。一瞬ためらって、聞いた。

「今日サンダルだから濡れてるけど、大丈夫？」

スピーカーの向こうのマネは沈黙したあとに『大丈夫』と言ってきた。世界で一番意味のない「大丈夫」だった。あたしはガラス部屋の中で靴下を脱いで、ダストボックスに入れる。ダストボックス。ゴミ箱。そこにいれたものが、どこに行くのかはあたしは知らない。ま、それも嘘。きっとゴミの国に行って、ゴミらしく使われるんだろうね。

真新しい靴下は、少し締めつけが苦しかった。

全部のどうでもいいものを、知らないふりをして生きて行く。それこそ外の寒ささえ、知らない顔で。

午後から明け方までそこで時間を潰して（仮眠をすることもある。オプションが入らない限り起こされることもない）明け方始発のバスが出る頃に退店をする。その日のお給料をもらって。とっぱらいの、今日は三万二千円だった。明細はないけど、靴下の他に一回着替えのオプションもあったし、だいたいこんなもんだろう。あたしの一日の値段はオプション次第だ。

運転手さんに言ったら短い距離でも車で送ってくれるけど、あたしは歩いて帰る。たまに変なお客さんが待ってたら、やべって戻ってマネにクレームいれることもあるけど、歩いて帰るのはコンビニに寄って行きたいからだ。家に帰ったらもう家から出たくなくなるし。

店の最寄りのコンビニはいつ行っても店員が外国の人で、あたしは名前も顔も覚えられない。いつもの煙草と一緒にバリアブルのカードをレジに持って行く。

「にまんえん」

そう言って、さっきもらった封筒の中のお金のうち二枚を青い厚紙の中にいれてもらって、商品の入れ替え時間で開けっぱなしの自動ドアから出て行く。

空は白くて、馬鹿みたいに寒い。あたしは経験則で知っている。空が白くなるこの時間が一番寒いのだ。煙草の火を呑んでなかったら喉が凍ってしまうだろう。ミントの匂いのする煙草は、あたしの食事であり呼吸だった。吸い終えたそばから溝に捨てながら、二本吸い終わる頃にアパートに着く。

1LDKの、家賃が二万八千円水道代込みの薄っぺらい扉を開けたら、ふわっと頬があったかい空気に包まれた。

その瞬間にあたしは思い出すのだ。外が本当に、寒かったっていうことを。人間が生きる世界なんかじゃなかったってことを。

「かー、さむういんだけども～」

「おかえり」

と磨りガラスの向こうから声がした。あたしは靴を並べることなく脱ぎ捨てる。捨てられることなく溜まりっぱなしの壊れたビニール傘とかサンダルとかブーツとかが散乱してて、玄関先はいつも転びそうなくらい狭い。

冷たい板張りのキッチンを素通りして磨りガラスを開けたら、こたつの中に、チョコはいた。

二つ結びをくるっくるにふくらまして、分厚い眼鏡を掛けて、部屋着の上に着る毛布を着てスマホを眺めながらゲーム用のタブレットを両手でタップしていた。

チョコは大小の画面から顔を上げずに、「あめめ、お風呂は?」と聞いた。

チョコはあたしのことをあめめと呼ぶ。天里(あめさと)という名字をもじったアメリというあだ名を、まだ少し響きを甘くして。あたしは鞄を投げ捨てながら答える。

「浴びてきた。店で」

「えーだから寒いんだよ」

帰ってからお風呂入りなよ。でも、お湯もったいないじゃん。お水は一緒だよ水道代。お湯はガスでしょ。そんな会話をしながら、あたしはこたつの中にはいる。

ぽうっとあたたかなこたつの中が全部をあったかくしてくれる。帰り際にまた濡れてしまった新しい靴下も、ネイルの禿(は)げかけた爪も。

そしてタブレットから顔を上げないチョコの、にきびの浮き気味な肌や、ブルーライトカットのはいった分厚い眼鏡を見ながら尋ねる。

「チョコ今日はいつ寝る？」

「んー、チョコちょろちょろ寝たから、今日はもういいかなと思って。あめめも疲れてるでしょう？　寝てていいよ」

「うんー……」

「あ、でも夕方になったら断片が切れるかもしんない」

フラグというのは正式にはフラグメンツという。あたし達がやっているスマホゲームに使われるゲーム内の通貨、課金で得られるアイテムで、イベント時はそれを溶かしてポイントを上げ、ランキングを上げる。あたしはチョコに言われるがまま、ポケットから青い厚紙を出して渡す。

「いくら入ってる？」

「二万」

ん、ありがとう、とチョコが言う。とても事務的なやりとりで、そのことを不満に思ったりはしない。

あたしはここでいよいよひとつの仕事を終わらせた気持ちになって。とろとろと眠気に意識をとられて行くのだった。

あめめと呼ばれるあたしが天里という名前なように、チョコは名前を本当はちょうことという。朝が来る、と書いて朝来。最初に会ったのはビジネス系の専門学校の入学式で、隣の机に置いてあった名簿を見て、「あさ……あさらい？　違う、ちょうらい？」と読んだ。

ちょこはその時は今よりもずいぶん陰気でやぼったい感じの三つ編みで、暗い目つきで「ちょこ」と言ったような、気がした。

「ん？　チョコ？」

「ううん、ちょうこ」

やっぱチョコじゃんね！　とあたしは言った。チョコはなんか唇をもごつかせたけれど拒否をすることはなくって、でも今は、自分のことを「チョコ」と言うようになった。

あたしが専門学校を休みがちになって、チョコもずるずると学校に行かなくなって、うちに転がり込んできて二人で暮らすようになって、この家から出なくなって。

そうしてあたし達は、二万八千円の部屋で、毎日なにをしているかというと、あったかくしてる。

そう、あたたかくしている。雪の降る街で、一年の半分くらいが生きてらんないような街で隠れるみたいにして、狭いこたつであったかくなってる。あったかくなりながら。

　あたし達は、毎日戦争に明け暮れてる。

　ポロン、という軽快な音がした。チョコがタブレットのアカウントにお金をつっ込んだ音だった。それからまたチリンって音がして、あたしが一晩と少しかけて稼いできたお金が、もうちょっと底上げしたらそのまま二ヶ月分の家賃と同じだけのお金が、おじさんの財布からお店、お店から封筒、封筒からコンビニのカード、カードから、タブレットのチョコのアカウントの中に吸い込まれていって、ゲーム内の、課金アイテムに変わる。あたしは夢うつつの中でチョコに尋ねる。

「イベ今日までだっけ。足りる？」

「これだけあれば余裕。昨日から二番手がスパートかけてきてちょっとうざいんだけど、このユーザだいたい午後に動きが止まるから。——その間に振り切る」

　そう宣言するチョコは兵士とかスナイパーとかそういう目をしていて、あたしは見惚れるしかっこいいって思う。世界で一番、かっこいいよ。まどろみの中であたしは自分のスマホを開いてチョコがやっているのと同じゲームを開く。

　見るのはイベントランキングで。一番上、一位にあるアカウント名が『アメチョコ』であることを確認してから、二番手のアカウントを検索にかけてプレイヤー詳細を見た。

「なんこれレベルひっくく。新参生意気じゃんね」

ひひっと笑ってあたしは言う。

「殺してやってよチョコ」

昆虫の首をもぐような気安さで、あたしは殺戮を命じたりする。

チョコは赤いセルフレームの向こうで自信に満ちた笑いを返してくれる。

「まかせて」

こういう時が、チョコは一番楽しそうで、あたしも楽しい。

絶対に勝利しか知らないみたいな横顔をして、最速の最高効率でチョコはひたすらポイントを上げて行く。もう、上位報酬は確定されているしイベント報酬はプレゼントボックスから溢れている。それでもあたし達はゲームにあけくれる。なんのために？　勝利のために。

一番になるために。

あたし達がはじめてゲームの話をしたのは専門学校の教室の隅っこで、一心不乱にイベントを走り続けるチョコに、「そのゲームあたしもしてる」と声を掛けた。

最近人気が出はじめたアイドルもののゲームで、チョコが走っていたのは前日だったかにはじまったばかりのゲーム内イベントだった。

　このゲームは音ゲーでもなければ大した戦略ゲームでもなかった。男の子の顔面が綺麗なだけのカードがもらえる。（そのもらえるって言ったって、スクショとなにが変わるって言われたら、誰も答えなんかもってない）その、報酬のために、あたし達はものすごく多くの時間と、時に多くのお金を溶かす。

「イベントカード狙ってんの？　今どこらへんいる？」

　チョコはスマホから顔を上げずに「十八位」と答えた。あたしは「はぁ!?」と声を上げて、慌ててゲームを立ち上げて、ランキングを確かめた。

「え、この、ＡＳＡってのがあんたなの？」

「そう」

「百位以内で最レアカード二枚取りだよね!?　え、もうすんごいじゃん！　どこ目指してるの!?」

　思わずあたしは聞いてしまったのだった。馬鹿みたいな質問だった。チョコは驚いた顔を上げて、また気まずそうに俯（うつむ）いて、「どこ……」と言った。

　それからまたゲームに戻り、ひとしきり走ったあとにため息をついた。

　あたしは隣でわくわくとそれを眺めながら、はやる気持ちを抑えて聞いた。

「ねえねえ、どこまでいったの？」

「十四まで上げた」

「もうちょっとで十位じゃん！　え、このランキングのトップページにくるってことじゃん！」

テンションが上がってしまって、教室の椅子からのけぞったままひっくり返りそうになった。

けれどチョコは同じようにテンションがあがることはなくて。

「ちょっとじゃないし、もうむりだよ」

これまでやっていたゲームをわざと見ないようにスマホひっくり返して、ぽつりと呟いた。

「今はスタートダッシュでたまってたスタミナアイテムがあったからここまで来られただけで。お金ないもん」

もう走れないから。この順位の維持はできない。あとは落ちて行くだけ、とチョコは言った。

「えー……」

あたしはそのあと、ぞわぞわして、座り心地の悪いような気持ちにずっとなってた。

チョコは十四位だっていうのになんだかもうずっと負けたような顔をして俯いていたし。ゲームも授業も生きてることも全部面白くないって、顔してた。

んでも、お金がないからっていうことは、お金さえあれば一番になれるんじゃんって思った。

ここでお金を払えば一番になれるんじゃないか。

それってすごくない？　すごく、すごくない？

その日の帰り道にあたしはコンビニに寄って三千円のウェブマネーのカードを買い、向かいのファストフードでチョコに渡した。

「……なに、これ」

いきなり帰り道でファストフードに誘われたチョコは明らかにびびっていたし、きょろきょろと眼鏡の奥の目を泳がせて言った。

あたしはポテトをつまみながら、言う。

「あげる」

「え、なんで？」

「だから～！　これで十番内とかになってよ！　もっと、あんたが、もっと、一番とかになってるの見たい！」

あたしの言葉に、チョコは困惑して「なんで」ってもう一度言った。は～？　って
あたしは思った。
「だって一番ってすごいじゃん！　あたしチョコが一番になってるとこ見たい！」っ
て。本音だった。
けれどチョコはちょっと困ったように笑って言った。
「いらない」
「なんで⁉」
なんでって、と言ってチョコは笑った。薄いグレープジュースを飲みながら。唇と
がらすようにして。
「こんなんじゃ、足りるわけねーじゃん」
あたしはその時なんにも知らなかったんだ。ゲームに課金なんてしたことなかった
から。スタンプとかファンクラブとかの会費とかで課金したことはあったけど。三千
円くらいだせば結構いいとこまでいけるんじゃない？　なんて思ってた。だって三千
円あったらご飯の一回くらいいいけっし。でもそういうことじゃないみたいだった。そ
れこそ一時間に五百円ずつくらいお金を溶かして溶かして溶かし続けて寝ることもろ
くにできなくて戦い続けなければ勝てない、っていうことを、ゆっくりチョコに説明

されて、あたしは本当に時間を掛けてようやく理解した。

「そんなん戦争じゃん！」

って、あたしは言った。

そうだよとチョコは答えた。

小学校の時から授業で習ってきたでしょう？　戦争なんてしない方がいいよと。

これは世界で一番空虚で馬鹿な戦争だよって。

でも、あたしはその時心から思ったのだった。

空虚でも馬鹿でもよくない⁉

あたしはチョコが一番になるところが見たい。それがマジで本物みたいな戦争だったらそっちの方がいい！

そう言ったら、チョコはファストフードのドリンクのストローを噛みながら、ずいぶん長い間考えてたみたいだった。

あたしは。あたしは一番になれなかった女なのだった。ドロップアウトが板についていた女だ。一番になりなさいねと言われて育ち、百点しか許されないテストをうけて、でも中学から高校に上がるにあたって、「百点でも一番じゃない」ということに気づいてしまって全部を投げ捨てちゃった親不孝娘だった。ただ、一番がいいっていう、クソみたいな貧乏根性だか金持ち根性だかだけは身についてしまっていて、時々それが暴れる獣みたいに顔を出すんだ。でもそのことはこの際、どうでもいい。

目の前に置かれた、青い三千円のカード。それが分かれ目だった気がする。

あたし達の。運命の。

チョコの震える手が、課金カードを取って。それから。

チョコは走りはじめた。結局その時は足りなくて、チョコも自分で課金のおかわりしたりしたけど、最終的に三十位くらいだったたっけか。でも、もっと頑張れるんじゃない？　って聞いた。あたしははじめたばかりのバイトと、それからその時おつきあいしてくれてたパパからもらったお金で、チョコを「援助」した。

チョコはお金は受け取らなかったけど、カードの形でなら受け取った。

そしてそれから。その次のイベントで、あたし達は一位になった。

「おわ……った」

夕方五時がそのイベントの終了時間で、終わると同時にチョコは倒れ込んだ。あたしははらはらとビタミンドリンクつかんだままでチョコを見守っていた。その前の土日から、チョコはあたしのうちに泊まり込んでいた。

チョコは友達の家に泊まるのがはじめてだと言った。緊張していた。でもあたし達は、お泊まりらしいことはひとつもしなかった。正直。まじで。スマホしか見てなかった。チョコはガチで走った。あたしも、チョコの仮眠の時間は引き継いだ。その時はゲーム用のタブレットを買っていなかったから、チョコの使い古したスマホを交互に摑んでゲームをつないでた。

「どう、勝てた⁉」

「た、ぶん……千ポイント以上最後に余裕があったから……」

イベントの終了から最終の順位確定までは数時間がかかる。ひたすらビタミンドリンク飲みながら課金アイテムを溶かし続けたチョコはもう限界みたいにまぶたを閉じた。

「ちょっと、寝るね……。確定出たら、起こして……」

「おつかれ、おつかれだよ～！　なんかやっとくことある⁉」

「ランク報酬の……育成素材……足りないやつ……」

そう言う間にチョコは眠ってしまった。本当にチョコは大した女だとあたしは思っていた。かっこよかった。惚れ直した。

あたし達──正確には『ＡＳＡ』がはじめてランキングの一位を取って、あたし達はコンビニケーキと、ジュースみたいなチューハイで乾杯をした。

人生のうちでも、一番ハッピーな夜だった。

あたしは人生の中で「一番」を、はじめて手に入れたのだった。

けれどそのハッピーは長くは続かなかった。

次のイベントはとりあえず、三十位くらいにははいりたいよねとか考えてた時だった。

チョコが真っ青な顔であたしの部屋に帰って来た。そう、もう、「うち」に帰ってきちゃいなよと言い始めてすぐのことだった。

よく覚えてる。この土地では短い夏の間だった。開け放した窓の風が通りっぱなしだったから、あたしは玄関先を振り返って言った。

「おかえり。どうかしたの？」

玄関のドアも半開きのままで、チョコはずるずると狭い三和土(たたき)に座り込んで。

「あめめごめん」

真っ青な顔をくしゃくしゃにして言った。

「ごめん、アメリ」

その声が顔色みたいに真っ青だったから、あたしはすっかりいぶかしんで彼女を部屋に引き上げようとしたけれど、自分より重いチョコの身体は持ち上げられなかった。

チョコが溶けた、とあたしは思った。狭いキッチンの板張りにつっぷして、液状化したみたいにチョコは言った。

「せっかく、あめめが」

うわごとみたいな言葉だった。

「あなたが一番をくれたのに」

――チョコのゲーム用アカウントが、見知らぬ誰かに「乗っ取り」を受けたと知ったのは、パニックの中にいるチョコのたどたどしい説明を聞き終えた時だった。

はぁ？　とあたしは聞き返した。全然現実っぽく感じられなかった。

「乗っ取り、なんて、なんで？」

そんなの簡単にできること？　というあたしに、「わたしが悪い」とチョコが顔を覆って言った。

「ごめんなさい。ごめん。わたしが悪いの。わたしが、前のイベントで、一位なのが嬉しくて、ＳＮＳに、スクショをのせて。プロフィール画面をのせたこともあったから、だから、それで」

引き継ぎコードを勝手に発行され、アカウントを乗っ取られたのだという。

そこまで聞いても、実際はぁ？　ってなもんだった。

「おっかしいでしょそんなの！」

あたしは叫ぶみたいに言った。

ひとのアカウントを乗っ取ることがなにが楽しいのかわからない。ただ、一番のアカウントには価値があるのだろう。それは思う。ひとの、アカウントの乗っ取りで、一番になれるなら、それは魅力だろう。

後日に聞いたところによれば、上位報酬の揃っているアカウントは高く売れたりもするらしい。アホ。クソ。死ねばいい。

あたしは正義なんか知らないけど、それでもクソだと思ったし、今でも思ってる。

「ズルじゃん！　泥棒じゃんかそんなの！　なんとかしてもらえないの⁉」

「わたしのスマホには、課金の履歴があるから……」

もしかしたら、運営に掛け合えばアカウントは取り返せるかも知れないとチョコは言う。

「でも」

そばかすの多い顔を歪めて。涙を浮かべて。

「でももう、その返事を待ってたら、次のイベント一番は、とれないかも知れない……」

絶望に崩れた言葉に、ぎゅうっとあたしは拳を握った。一番。一番一番一番！　一番にとりつかれた丸い背中、それは、あたしだ。

あたしだ、って。めちゃくちゃ強く感じた。それからバッグの中からヴィヴィアンのピンクの財布を取り出して、フローリングに叩きつける。

「いくら」

あたしの声も、震えていた。怯えじゃない、後悔でもない。怒りだった。

「いくらかかる!?」

呆然と泣き顔を上げる、チョコの肩をつかんで言った。

「あたしのアカウントつかって、いくらかけたら、もう一回一番とれる!?」

いくら、ぶっ込んだら。

そのアカウントを追い越せるのか。

そいつらも他のやつらも全員ぶっ潰して、一番になれるの!?

「わたし」

震える声で、きらきらと涙で瞳を揺らして、チョコが言った。

「わたしやる」

ごめんなさいとしか言わなかった唇を、ぱあって興奮で赤くしながら。

「一番、絶対、とる」

そう言った時の、チョコの目と、唇の赤さを、あたしは多分一生忘れないだろう。

その日、チョコは、あたしから引き継いだそのアカウントを、『アメチョコ』という名前にした。

それからあたし達は、結構長い時間を経て、数ヶ月が一年になって、専門学校は二人ともやめてしまったけれど、部屋を本当に二人きりにした。

二万八千円の１ＬＤＫ、小さなこたつの中の夜の明け方に。

そんなことを考えているうちに眠ってしまっていたみたいだった。

「あめめ、あーめー！」

肩を揺さぶられて、ちょっと焦ったような声で起こされた。チョコだった。あたしはふぇ、ともうぇ、ともつかない声を出して、睫毛(まつげ)を植えて重たくなった瞼(まぶた)を開けた。

チョコはＳＮＳの画面を出しながら、ちょっと焦ったような口調で言う。

「くる、新キャラ！」

「はー？」

「はやく見てってば！」

自分が見ていたくせに、その画面は見せてくれなかった。なぜかっていうと、チョコはまたゲームに戻っていったからだった。次回のイベント予告が出るってことは、今回のイベントもラストスパートだっていうことで。

チョコは指先を止めている暇なんてない。

あたしはもぞもぞとＳＮＳを開いて、ゲームの公式アカウントを見に行って「ぎょえ」と潰れたかえるみたいな声を出す。そして叫んだ。

「顔がいい〜〜〜！」

同時にチョコも叫んでいた。綺麗にハモった。あたしはそのままばたん、とこたつカーペットに倒れたけど、元気な腹筋で起き上がって言うのだ。

「え、でもこれガチャだよね？　何枚重ねる気？　結局数字見ないと……。今回のイベント特攻だとしても、次以降使えないいんじゃない？」

戦力にはなんないよ、と言うあたしにそうだけど、とチョコは言う。

あたし達は割と重課金で生きているので、手持ちのカードは結構潤沢にあるのだ。

もちろん強いカードがあるからといって順位は上がらない。結局はどれくらいこのゲームにしがみついて画面をタップし続けられるか、順位っていうのは捧げて溶かした時間に比例している。

　世界で一番虚無な戦争とチョコは言っていた。でも、あたしはそれはむしろ優しいような気さえするのだ。

　やったらやった分だけ順位が上がるなら、それって平等じゃない？　とにかく不平等には飽きてしまったあたしだから、チョコが一番になるのはすごく気持ちがよかった。

　チョコは手を休めることなく唇をとがらせる。

「それはそうなんだけど～、とりまＭＡＸにはしときたい、かな～～。この原画さんアタリなんだよだって～。この人がうちの推し描いてくれんの、去年の七夕イベントぶりなんだもん……」

　チョコの言葉にあたしはふっと笑う。

「だったら、いんじゃない？」

　道ばたの野菜売りから買ったという蜜柑（みかん）を箱から取り出して剝（む）きながら、あたしは言う。

「チョコの推しイベじゃん。特攻ＭＡＸで一番にならないと恥ずかしいでしょ～？」

「あめめ～！」

んじゃ名前も変えていい⁉　というのでドーゾ、とあたしは言ってあげる。チョコは流れるようなタップでプロフィール欄に戻って、自分の名前を『アメチョコ』から変更した。『次イベ推し特攻感謝』という名前にした、ということは。

これから絶対、一回も一番から落ちるつもりはないという覚悟みたいなものだった。

ゲームやってる全員、課金に命かけてるあたし達と同じ馬鹿達に、見せつけるための名前だった。

ちなみに乗っ取りの一件から、チョコはSNSをやめてしまったらしい。チョコがこれまでどんなSNSをしていたのかはあたしは知らない。あたしにとってはチョコはだって、ずっと目の前にいるし。

ゲームの外のことはなんにもわかんないから、ランキングの順位以外気にする人なんている？　って思うことがある。でも、いるのだ。いるのだろう。

クソみたいなゲームだと思う。絵が綺麗なだけの、なんにもならないゲーム。

でも。

このゲームは、あたし達を一番にしてくれるのだ。

一番になりたいという欲求が一番で果たされることなんてそうそうないじゃない。

オリンピックでもそうそうない。

起き抜けに喉のかわきで蜜柑を食べたけれど、それが変に胃腸を刺激してしまったみたいで、ため息とともに言った。

「おなかすいた」

「なんか食べる？」

「んー、なんか買って来ようかなぁ……」

「したらあたしが行って来るよ。手痺れてきたし。任せていい？」

「うん」

あたしはチョコからタブレットを預かる。チョコがスーパーに行ってる間、チョコのランクを維持するための交代だ。

チョコほど立派な指さばきじゃないけれど、あたしもそれなりに、代打は長いからね。

「アイスがいい」

「おなか壊しちゃうよお」

行ってきます、とチョコがコートで部屋着を隠すようにして出て行った。行ってらっしゃいとあたしは振り返ることなく見送って、注意深くタブレットを操作してイベントを走る。一番から落ちないように。

チョコは生活のほぼ全てをゲームで溶かし、あたしはバイトのお給料の半分以上をここに溶かしている。あとは生活費とか、欲しいもの買ってるけど。

二人じゃなきゃダメって、なんだか魔法少女みたいじゃない？

ママが若かった頃に、ナンバーワンよりオンリーワンって歌がはやったって言ってた。でもそれはナンバーワンになれる人間だからわかるんじゃない、ナンバーワンよりオンリーワンがよかったねって。いつも誰もが一番になれるわけじゃない。

一番って、やっぱり、気持ちがいいよね。

そのことを教えてくれたのがゲームであって、チョコだった。

戦争をしている。あたしはチョコの補給係、チョコはその実弾を放つ人間。

あたしたちは、いま、間違いなく。

世界で一番なんだよ。ねぇそれってすごくない？

「ただいま。ほんと寒いね今日も」

おかえりといって、冷たい空気をまとったチョコがこたつにはいって来てくれるのを待つ。

「にくまんも買ってきた」

「いーじゃん」

あたし達は寒い街の、あたたかいこたつの中で、ひっそりこっそり、二人っきりで生きて行く。生きて行くんだと思っていた。

このまま、ずっと。ずうっと。あたしのお金が続く限り。チョコの勝利が続くんだと思っていた。

夜だって、冬だって、永遠なんかじゃないのにね。

それはじりじりと亀の歩みでこの寒い街が寒い春を迎えようとしていた午後のことだった。

あたしはいつもの仕事に出掛ける前で、あたしたちはインターホンの音で目がさめた。それから、ドンドンと薄いドアを叩く音。

若い女の二人暮らしで不用心だから、通販の荷物はみんなドアの前に置いてもらっていた。だから、そこにいるのは絶対、宅急便でも郵便局のひとでもなかった。

「朝来、朝来いるんだろ！」

怒鳴りつけるような男の人の声がした。どん、ドンドンドンドン。あたしは「はぁ？」って顔で隣のチョコを見た。

チョコは扉の向こうに誰がいるのかわかっているみたいだった。朝来って呼ぶ、その声だろうか、発音だろうか。

薄い扉がスケスケになってしまったみたいにその向こうを見据えて、チョコは昔みたいに、真っ白で真っ青な顔で、こたつの中に半分入り込んでかたまっていた。

その顔を見て、あたしは思う。

――守らなきゃ。

あたし、チョコを、守らなくちゃいけない。

なぜか唐突に、はっきりとそう思った。そう思って腰を浮かせた。その時だった。

「不動産屋から鍵を借りてきたからな！　開けるぞ！」

もっとはぁ!?　って声がして、ドアが開けられた。マジで、信じらんない、そう思った。

「なんで!?　けいさつ！　けーさつ呼ぶよ！」

滅多に客の来ない部屋だから、ドアのチェーンも掛けたことなかった。知らない人間が、不動産屋に掛け合ったって、合鍵とか。全くこの街はクソだった。

寒い街にはいいことがない。

ジャージで仁王立ちになるあたしが迎えうったのは、背の低い男の人だった。ちょっと小太りで、春になるのにダウンジャケットを着ていた。

ただ似てる、と思った。

この人。チョコと似てる。

そいつはでっかい靴を玄関先で脱ぎ捨てて、ずかずかと部屋にはいって来た。あたしの部屋に。あたしと、チョコの部屋に。

白いダウンジャケット。外国のアニメ映画だったかに、こういうやついなかったっけ？

角刈りの、分厚い眼鏡、が、チョコの腕をつかんだ。

「来い」

とそいつは言った。「嫌だ」とチョコは言った。

「やだ、離して！」

金属みたいな悲鳴が響いた。挨拶もろくにしたことがない大家だか不動産屋だか知らないひとが玄関先で立ち尽くしながらとりあえず扉を閉めた。

不法侵入。犯罪者め。

あたしは凶暴な気持ちで、歯をむき出しにして、ジェルでかためた爪を立てた。ぶちころしてやろうか。それくらいの気持ちだった。なんにもできなくたって。それくらいやってやるってつもりだった。けど、その男の人はあたしを見なかった。ただ、そこに座り込むチョコだけ見て言った。

「母さん達がどれだけ心配したと思ってんだ、帰るぞ！」

は〜〜もう。

あなたがチョコの、なんだっていいんだけど。

「帰らない！」

チョコはぶんぶんと首を振った。それだけが正解だった。

あたしには、それだけだ。

「帰らないって言ってる！」

「クソ女！」

とそいつも短い髪を逆立てるみたいにして言った。親不孝者、みたいな言葉で罵倒した。

あたしはもう我慢ができなくて、そいつに飛びかかってダウンジャケットから出た手首に噛みついた。

「って！」

あたしも犬みたいだったけど、そのダウンジャケットは犬でも振り払うみたいに腕を振った。

着古したダウンジャケットは、苦い感じの、雪のにおいがした。

あたしは跳ね飛ばされるみたいに、こたつにぶつかって倒れた。

「お前が……」

ダウンジャケットが拳を固める気配がした。頭に血がのぼってるのは、あんたもそうだけどあたしだってそうだ。

「やめて！」

悲鳴が上がった。チョコだった。

「おにいちゃん、やめて！」

ダウンジャケットにすがりついて、チョコが言う。こら、あんた、やめ、あんたがそいつに触るのが駄目なの！　あんたが離れなきゃだめなの！　と思った。けど。

ほんとはだめなのは自分なこと、わかってた。

チョコの、「おにいちゃん」って響きだけで、そんなの。あたしは鼻の奥がつんとした。悲しかった。

なんかもう、無性に悲しくなってしまった。

そのうえチョコが、もう完全に、泣いちゃってる声で、そいつにすがりついて、言うのだ。

「あめりを叩かないで」

ほら、あんたが。

あたしは思う。

あんたがさぁ……。

そして時間が止まったみたいになった。あたしの部屋に、天使が通った。

カーテンを開けなくても西陽のはいる部屋で、舞った埃(ほこり)がきらきら光っていた。

ゆっくり、ゆっくり深い呼吸をした。あの男だけが。ダウンジャケット。

あたしは、それでも、歯を食いしばって息を止めたままでいた。このまんま時間なんか止まっちゃえばいいんだと思った。

でも、そうはならなくて。

その、ダウンジャケットの、男。あたしから目を逸らして、チョコを見た。そして、その肩を、これまでより少しやわらかい力で摑んで。

「いいから帰るぞ」

と言った。

「返せ」

とあたしは呻(うめ)いていた。その時点で、敗北なんか確定していたけれど。

「チョコを返せ！」

返せなんて。

チョコは、ここにいるのに。自分の足で、出て行こうとしてるのに。

「あめめ……」

とチョコが、途方にくれたようにあたしの方を見た。隣の男はあたしを見なかった。

チョコだけを、見て言った。

「母さんがお前に会いたがってる」

「わたしなんか」

チョコが震える声で言った。

「わたしなんか、あんな親父、あの家に……」

チョコが、「家」と、どういう関係なのかなんてあたしは知らなかった。そんなんどうでもよかった。家族とか、親とか兄弟とか未来とか、ほんとにどうでもいい！

けれど、チョコはそう、じゃなかった、んだろうか。とにかくそいつが、チョコの方を見て。

「母さんの病気が再発した」

お前に会いたがってる、ともう一度言った。

はあ？　って感じだった。あたしなんかもう、はぁって感じだよ。でも。

あたしもわかった。わかって、しまった。それを聞いた瞬間、チョコの目がすごく揺れたこと。絶望とか、地獄めいた水っぽい炎をうつして。

揺れたのは、チョコの目で。

チョコの心だ。

「チョコ」

あたしは、チョコの名前を呼んだ。知らんよ、知らない。あたしは全然知らないよ。家族とか、病気とかしらん。どうでもいい。チョコだけがいればいい。

チョコが、立ち上がる。行ってしまう。全部を置いて。スマホだけがあの子のポケットにあって。あたし達がゲーム専用機にしているタブレットは、まだ、こたつの上にあった。

タブレットはポケットには入りきらない大きさだった。

あたし達の、視線が。

目と目じゃなくて、タブレットに反射するかたちで交差した。

立ち上がる。

行ってしまう、チョコに。あたしは呆然と呟いた。

「次の、イベントが……」

ねぇだって、次も一位をとるって。見せつけるって言ってたじゃん。世界で一番になるって。誰と約束してたわけじゃないけど、
あたし、あんたがいなくちゃ。

あたし、あたしあたしあたしあたし……。

パタンと、扉が閉まる。その男を連れて来た大人が、なんか言っていたけど、聞いていなかった。

あたしは、振り返らないチョコの背中、だけを見ていた。

そうして、チョコは消えてしまった。

春が来てもまだ寒いような最悪な街で。最悪最低な、展開だった。もうずっと。

雪の降る街で生まれた。

それがきっと間違いだったんだ。ずっと。

チョコがあたし達の部屋に帰って来ることはなかった。鍵は持っているはずだった。

いや、鍵なんかなくたって、薄い扉を叩いてあたしを呼んでくれたらよかった。

『あめめ』

って。そしたらあたしは玄関のドアに飛びついて、おかえりって。

おかえり、寒かったでしょうって。

でもそんな日は来ないのだった。

次の日も、その次の日も待ってもチョコは帰って来なかったし、メッセージに既読はつかず、何度鳴らしても電話に出てくれることはなかった。あたしを拒否はしていないけれど、サイレントにしているのかも知れない。

チョコはいつも、ゲームの邪魔だからといって通知を切っていた。生粋のスマホゲーマーなのだった。

ひとりのあたしはなにもできることがなくて、ただ静かな部屋が寒くて、寒くて。

とにかくチョコの残していったタブレットで、イベントを走ったりした。絶対に見ていると思った。このアカウントに、あたし以外がログインをした履歴はなくたって。

「チョコ」ってだけの名前にした、このユーザーが一番になれば、チョコは帰って来てくれると思った。絶対に見ていてくれるでしょう？

でも、あたしは下手くそで、根気もなくて、どれだけお金をつんだって、眠っている間に何人もに追い抜かされて行ってしまうのだった。

あたしは、それが悔しくて悔しくて。

目が覚めるたびに自分の手にかじりついた。そして薄い皮に歯を立てて、血の味がするたびに。

自分が泣いていることに気づくのだ。

ゲームは楽しくなかった。うん。楽しかったことなんか一度もないし。本物の虚無だった。

だから、そのうち、嫌になってしまった。全部が。

そしてあたしは、チョコのことを思った。チョコが今どうしているのか、泣いていないか考えていた。

とにかくさぁ。

ねぇ、寒くない。こんな、寒い街で。生きて行くのなんか、そもそもとうに無理なんじゃない？

寒くない？　チョコ。

あたしは寒いよ。

あたしは寒くて、もうほんとに、やってられないよ。

あたし達のあたたかい場所からチョコが消えて、ひとつイベントが終わる前に、あたしはそのゲームを開くことをやめてしまった。もしかしたら誰かがあたしの、あたし達のことを噂してるんじゃないだろうかということを確かめるのも怖くて、SNSも開かなくなって、そうなるとどうしても稼がなきゃいけない理由がなくなって、結局バイトもやめてしまった。

でも、この部屋は残しておかないといけないと思った。だってチョコが明日やって来るかも知れない。全部から逃げて、寒さに震えて。外がどんなにあたたかくなっても。

あの子が寒い寒いと言いながら、この部屋に帰って来るかも知れないから。

それであたしはどうしたかというと、あんなに嫌いだった親に連絡をした。そして生活が苦しくなったと言った。でも、家には帰りたくないって。

親はあたしを責めることはしなかった。あたしのこれまでの悪行を掘り返すこともしなかった。どうせあたしは一番になれなかった失敗作で、腫れ物なんだろうと思った。でも、腫れ物は腫れ物で、丁寧に扱ってもくれた。

学校には無理に行かなくてもいいから、バイトはしなさいと親は言った。家賃は毎月口座に振り込んでおくから、生活費だけを稼ぐ、真っ当なバイトを。

それであたしはスマイルゼロ円のバイトをすることにした。はじめてチョコにカードを渡したあの店で。色を抜いた髪はお団子にして。履いてた靴下を数千円で売っていた頃には、全く信じられない話だった。ゼロ円のスマイルは、全然売れなかった。

結構当たり前の話。でも、生きて行くだけのお金はできた。

それは真っ当な毎日だった。普通の、うんざりするほど平和な日々だ。

退屈だった。

でも、あのゲームの方が、虚無だった。

三ヶ月もそういう生活を続けただろうか。一ヶ月や二ヶ月は、多分短かった。これがイベントだったら三回や四回は行われていただろうし、あたし達の馬鹿なお金の使い方だったら、数十万は溶かしていたかも知れない。

あたしの貯金の残高は、そんなに増えもしなかったけれど減りもしなかった。

そんな、あっという間の日々の果てに、その日が来た。

バイト先のファストフード店で、あと数十分もすれば閉店だという深夜だった。

あたしは締めのシフトで、欠伸(あくび)をかみ殺しながら、レジを打っていた。

か細い、緊張した声がした。

「……ません」

らっしゃいませ。

ご注文はなにになさいますか。

あたしがレジを見ながら、機械的に言うと、小さな、優しい、甘い、それですごく震える声が続けた。

「ポテトと、アイスティーを下さい」

あたしはその瞬間、なんだか目の覚めるような気持ちがして、びっくりして顔を上げた。

ばっさりと切った髪。相変わらずちょっとやぼったい眼鏡。化粧っけのない顔。

目の前が、揺れて。

スマイルなんて、売れるわけがなかった。


あたしはバイトのチーフに土下座をせんばかりに頼み込んで、はやくあがらせてもらった。その間も、突然現れたチョコが消えてしまうんじゃないかと気が気じゃなかった。

あたし達は夜にはまだ寒いファストフード店の一番隅っこで、手をつけることもないポテトとドリンクをはさんで向かい合った。

あたしは寒くもないのにぶるぶると震えていて、もうなにも伝えられなかった。もういいじゃんって感じだった。これまでどうしてたとか今どうしてるとか髪切ったねとかもうどうでもいい。

家に帰ろうよ。

こんな寒い店じゃなくてさ。

部屋に帰ろう。でも言い出せなかった。嫌だと言われるのが怖かった。どういう風に切り出したらいいのかわからなかった。あたし達、ゲームも挟まずに、なにを喋ったらいいのか、なにひとつわからなくなってしまったの。

「連絡、できなくてごめん」

とチョコは言った。

あたしはぐずぐずと鼻を鳴らして首を振った。ごめんとかマジでどうでもよかった。謝って欲しくなんかなかった。

チョコは最初に、結論から提示するように言った。

「……もう会わない」

「ハァ⁉」

クソバカブスなに言ってんの！　という感じだった。ほんとマジで。冗談きつい。

それちゃんと顔に書いてあったんだと思う。「聞いて」とチョコが続けた。

「聞いて、アメリ。わたしはあなたに合わせる顔なんかないけど、あなたに一回だけ、会わなくちゃって思ったの。これ」

そう言って、チョコが出してきたのは封筒だった。なんにも書いてない、くたびれた茶封筒。

なにこれ、と思って。なんか嫌な予感がして、ぺろっと封筒の口を開いて見て、ぎょっとした。

「なにこれ」

って口に出して言ったけど、なにかわかんないわけじゃなかった。いくらかしらん。いくらかしらんけど、札束、が二つ。

なによ。これなに！

チョコは早口で言った。

「いつか、ちゃんと返さなきゃいけないと思ってた。あめめ、いつも課金のためにすごいお金を稼いで来てくれたでしょ。あんなにたくさん稼ぐの、普通じゃない。普通じゃないことを、ずっと……。このお金は、だいたいの、ううん、これでも、半分もないと思うんだけど、それでも、せめてわたしの分だけでも、返さなきゃって。わたしが遊んだ、分。……や、半分じゃ、足らないのはわかってる。ずっと、わたしだけが遊んでた……」

めちゃくちゃになって行くチョコの言葉に、だんだん涙がにじんでいく。なんの涙か、あたしにもよくわからないんだけど。呆然としてるあたしに、チョコは続けた。

「わたしが遊んだ半分、返すね」

いつもあなたに。

無理をさせていたね。ごめんなさい。

知らんって。だから、ごめんとか、知らないって！　どうでもいいわ、そんなもん！

「…………このお金、どうしたの」

あたしが唸るみたいに、それこそ威嚇するみたいに聞いた。ほんとに聞きたいことはこんなことじゃなかったけど、会話を続けるために仕方なかった。

あんた、こんなお金、もってる子じゃなかったでしょ。封筒に入った万札なんて、似合う子じゃなかった。そんなん触んないまま生きていけばいい子だったでしょう！

チョコは一息で答えた。

「お母さんが死んだの」

マジでどうでもいい、とあたしは思った。ご愁傷様でかわいそうでちょっと鼻の奥

がつんとなるけど、それ、あたしとあんたの間には結構ほんとマジでどうでもいいんだわ。その上で、

「これ、だから、遺産。お兄ちゃんとかも、あめめにたくさんお金を借りてるって言ったら、それに使えって、言ってくれて……」

でも、その代わりにもう会うなって？

あのダウンジャケットが言いそうなことだね。

あたしはいよいよめちゃくちゃに苛立って、目の前のチョコを殴ってやりたいような気持ちになった。でも、そんなことをしたってなんの気持ちも晴れやしないのだ。

「あのさぁ、あのさぁ……」

なにを言ったらわかってもらえるんだろう。いや、こんな時にこんな金、あたしに渡そうっていう時点で。もう。

あんたはなんにもわかってないし、わかろうともしていないんだろうけどさ。

「……チョコはあたしに借金なんかないよ」

あたしは声が震えないように、無様に泣き出さないようにとにかく言った。

「あたしに借金なんかない」

あたしがお金を稼いでいたのはあたしのためだ。あたしがあたしのために、あんた

を一番にしたくて。あんたに一番になって欲しくて。あんたと一番になりたくてしていたことだった。

あんた、遊んでたわけじゃあないでしょう。

あたし達、戦ってたんでしょう、一緒に。

実際あんたがいなかったら、あたしは五十位報酬さえとれない始末なのだった。ガチャだけじゃ、課金だけじゃこの虚無ゲーは勝てないの。

あんたがいなくちゃ。

あんたがいなくちゃいけないんだよ。

ってことを。あたしは言葉がつなげなくて、あなたに言えない。なんて言っていいのか、わからない。

そう言う間も、チョコが言った。

「あめめ、泣かないで」

おこらないで。

かなしまないで。

きらいにならないで。

ほら、こんな寒い店の中だから。あたし達のあの部屋なら、あたし達、こんなに言葉を尽くさなくてもわかったはずだった。

チョコはぽたぽたとテーブルを濡らしながら言った。


——あめめ。あのね。


あのね。

一番が好きだった、あなた、ねぇ。

わたし、わたしは。

ねぇはじめて会った時のことを覚えてる？　はじめて一緒にゲームをした時のことを覚えてる？　あの時ここで、あなたがお金を出してくれたこと、わたしはなんだかあとから、すごく嬉しくなったんだ、あとから、あとから。友達なんてひとりもいなかったわたしだから、誰も信じられなかったわたしだから。

ねぇ、わたしは今から多分ひどいことを言うね。

幻滅みたいなことを言っちゃうね。

わたし本当は別に一番になんかどうでもよかった。

一番は嬉しかったけど、別に一番じゃなくたって楽しかった気がした。でもね、一番でいたらあなたをつなぎとめていられたじゃない。一番だったら、あなたはわたしを大事にしてくれたでしょう。

わたしのことが特別大事で。特別好きみたいに、してくれたでしょう。

一番が一番楽しいってあめめは言っていたよね。

ねえ、あめり。

わたし、一番でいたことよりも。

あなたがいてくれたら、それでよかった。


その、チョコの言葉を聞きながら、あたしはウーウーと犬みたいに唸っていた。一番とか、一番じゃないとか、ゲームとか、戦争とか、もうわからなくなっちゃってた。

ただ。

なにが幸せなのかもなにが欲しいのかもわからない。

「ちょうこ」

とあたしは名前を呼んでみる。あなたの、あさがくるよっていういい名前を。

そして、あたしはもう絶対受け取るつもりがなかった、テーブルの上の札束を握りしめた。

あの時、なんらかの覚悟を持って、あたしが出した三千円を、あなたが手に取ってくれたように。

「これ」

ゼロ円のスマイルを売っているうちには、絶対にたまらない金額であろうこのお金。多分、チョコの愛していたお母さんが、チョコのために残してくれたであろうお金だ。

でもそんなこと、あたしは知ったこっちゃないんだわ。

あたしはあんたに示すよ。チョコとやってきた、あの日々が。無為じゃなかったこと。本当に価値があったってこと、その上で。

それだけじゃなかった。

そうじゃなくてもよかったんだよ。

それを証明するために、あたしは言った。

「ねぇ、チョコ」

あさが、くるね。

「次はなんの、ゲームをする？」

この列車は楽園ゆき

東京に行ったら全部があると思っていた。

全部とはなにか。そんなのわからないけど、全部、とにかく全部だ。

茜子さんが小さい頃、父親は家を空けることが多かった。お父さんはどこに行っているのと茜子さんが聞けば、母親はいつも、目的は言わず「東京」と答えた。だから、茜子さんも東京に行きたかった。きっと素敵なものがたくさんあるんだろうと思った。幼い頃に色々あって、詳しくは知らないけれどきっと本当に色々あって、お父さんは家に帰って来なくなった。お母さんと茜子さんは、住んでいた家を手放して、小さなマンションに暮らすようになった。その時、お父さんはどこに行ったのと茜子さんが聞いたら、「東京」とやはり、母は答えたのだった。

なるほど東京に行ったら全部があるのだろう。けれどそこは遠くて、簡単には行けない場所なのだろう。天国みたいに。楽園みたいに。

茜子さんの物心がつくような頃から、「ちゃんとしなさい」というのが母親の口癖で、そう言われるたびに、自分はちゃんとしていないのだ、と茜子さんは思った。かといってそのことで自身を責めることはあまりなかった。噛み合わせを外す、みたいにして、そういうものだと、仕方のないことだと思うようにした。

幼少のみぎりから、同い年の中でどちらかといえば後ろの方の並び順にいた茜子さ

んは、そのまま背が高い女子となり、そしてこのまま背の高い女となるのだろうという
うおぼろげな予感があった。

発育がいい、とも少し違う。アンバランスな身体。手足。母の身長を超したのは中学校の半ばで、欠員となった父親が背の高いひとだったからだろう。あまり女らしさが感じられない自分の角張った身体が嫌で、バレーボールは中学でやめてしまった。

わけもなく自分の身体を作り替えたくなって、中学校の一時期はカジュアルな過食と嘔吐を繰り返したが、一度病院へ連れて行かれてからはぴたりと止めた。病んでいたものが治った、わけではなかった。母とそういう病院に行くのが、何より億劫だったのだった。

病院に付き添う母親が、女手ひとつの自分の子育てを悔いているのがはっきりわかったから。そういう顔を見るくらいなら、気持ちが悪くても食べる方がマシだと思ったし、吐き気を飲み込むようにして眠る方が楽だった。やっぱりそこでも歯車をずらしたのかも知れない。

ちょうど時を同じくクラスメイトの中でも遅い生理がはじまり、いよいよ茜子さんは自分という身体から逃げられなくなっていった。嫌なことも、受け入れられないことも、諦めなきゃいけない、と思った。幸い成長期だって永遠には続かない。茜子さ

んはクラスの女子の間でも大きい方ではあったが、特別抜きん出て、というほどでもなくなった。クラスメイトの男子の中にはまだ伸びる人もいるだろう。モデルみたいにすらりとしててうらやましいねと言われても、あいまいに笑うことしかできなかった。いびつでアンバランスで、奇妙な身体。月に一度の出血が億劫なように、自分自身も全然楽にならなかった。

毎朝毎夜、鏡を見るのがいやだった。特別ブスでもないけれど、自分の目にはとかくアラばかりが映る。人間の目はスマホのインカメみたいにはならない。にきびもできるし、隈(くま)もある。眉も抜かなくちゃいけない。雑誌を見ながらメイクを練習してみたりもするけれど、その行為に耐えられなくなって投げ出してしまうのだ。同級生の、先輩の、後輩の、テレビの、動画の中の、可愛い女の子がうらやましかった、一方で、まぁ、どうせ自分は、という気持ちが、淡く、薄く、はかなく、でも絶対に消えないで、どこまでもつきまとった。

そんな茜子さんに、恋人――俗に言う、彼氏というやつ――ができたのは中学校の終わりだった。クラスメイトだった。クラスで一番足のはやい男の子で、地毛だといっていた髪が茶色くて、それがかっこよく感じられた。誰が好き？　というお決まりの話から、他のクラスメイトと盛り上がって、盛り上がるままに修学旅行の夜に告白をして、ＯＫをもらった。嬉しかったから、恋をしていた、多分。でも臆病だった。正確には、億劫。高校に入り、スポーツ推薦で彼は遠くの高校に行った。あれほど好きだなと思ったのに、会わなくても特別悲しくない自分がいた。茜子さんと初めての彼氏。二人の関係はそのまま消滅した。

悪い思い出か、いい思い出かといえば、いい思い出だった。茜子さんはそれ以降、相手の顔もろくに思い出せないのに、修学旅行の夜、自分にスポットライトが当たってるんじゃないかという快楽だけは、忘れられなかった。

茜子さんはバレーを辞めてから髪を伸ばし、学校がある日は地味に結び、休日はほどいて、あまりヒールの高いサンダルは履かなかった。ただでさえ上背がある女の、印象がきつくなりすぎないようにした。一重で細い目をしている限り、自分という存在が「きつい」ことにはかわりがないと思いながら。

そうして高校の一年も過ぎる頃には、茜子さんは新しい恋をしていた。

今度は男子バレー部に所属している一個上の先輩で、顔がよくて優しくて、とにかく女子から人気なひとだった。

ひとを好きになることは、退屈な日常の中の少ない刺激的な娯楽で、クラスメイトと会話を持続させるために必須のフレーバーだった。恋の話をしながら、茜子さんはクラスメイトとコンビニで買った紙パックのピーチティーを飲んだ。それが特別美味(おい)しいとは思わなかったけれど、そうすること、が大人になることのような気がした。学校に通い、放課後にバイトをして、買い食いをして、眠る。嘘。ニキビに薬を塗ってスキンケアをして眉を抜いてスマホのチャットアプリで誰かの悪口を言う。テストに辟易(へきえき)して、貧血になり、頻繁には来ないバスと電車に乗り遅れ、母の帰りは今日も遅く、ひとのいないリビングは冷たく整っているけれど自分の部屋と洗面台は雑然としている。

そういうのが、茜子さんの生活だった。

ひとりでする食事は無味で不味く、かといってひとと食べる食事は、より胃にはりついた。もう子供みたいにみじめに吐かないけれど、毎日風呂の前に体重計に乗って、その増減だけを気にして、化け物めいて見える時もある自分の裸からは目を逸らす。生理の周期は不意をつくように安定せず。

でも、なんていうか、惰性で生きている。

そんな茜子さんが彼——高根(たかね)文明(ふみあき)くんを見つけたのは、高校二年の五月のことだった。それは、はっきりと覚えている。全校生徒が出なければならない合唱コンクール。近くのホールなんかを借りて行われる、学校の年間行事の中でもダントツにダルい行事で、茜子さんは観客席のはじっこに座っていた。

なにがおもしろいのかわからない、と思いながら。

カラオケには足を運んでも、歌うのなんか別に好きじゃなかった。ひとの歌声を聞いてそこに自分の声を混ぜる、みたいなのが、どうにも……。別に触れあいたいわけでもない誰かとノー距離で溶け合うみたいな感じでキツかった。唇を合わせてるわけでもないのに呼気を混ぜる、そういうのに、正気でいられる方がおかしくない？　って。だから茜子さんはいつも、合唱は口パクだった。中学の頃からそうしていた。

「今月の歌」も校歌斉唱も辟易していた。この時ばかりは、並んだ時に後ろの目立たない位置に立たせてもらえる自分の背の高さを幸いに思った。

自分が歌うのも嫌だし、もちろん別に、他のクラスの歌も聴きたいわけじゃない。体育祭も文化祭も別に好きではないけど、合唱コンクールが練習込みで一番ダルかった。ひたすらはやく終わって欲しいと思って、クラスに割り振られた座席の一番端っこに身体を沈めて指の逆むけを気にしていた。その時だった。

ずっ、と鼻をすするような音を聞いた。

ただの偶然だったけれど、通路を挟んで隣、が隣のクラスの一群で、その、やはり端っこに座っていたのが高根くんだった。そこにその人物がいるってこと、その人物が高根文明という名前であること、を、その時茜子さんは認識してはいなかった。だって高根くんには特徴的なことが何ひとつなかった。あえていうなら、眼鏡。眼鏡くらいしか印象に残らない、地味で、暗い感じの男子だった。背は高くなかった。デブというほどでもないけれど、ずんぐりと丸い感じで痩せてはなかった。顔はとにかく地味な眼鏡で、どうして茜子さんが、その高根くんを個として認識したかというと。

彼が、泣いていたからだった。

泣いてた。合唱コンクールの最中、ずっと絶え間なく、本当になぜか、ずっと泣いていた。他のクラスだとか学年だとかが課題曲と自由曲を二曲続けて歌う間、くしゃくしゃのポケットティッシュがまるまるひとつ消えて、もうひとつ出てきたから、用意してたんかい、と茜子さんは思った。その段階で、流石の茜子さんも、尋常じゃないなと思った。でも、そこで口をついて出たのは、本来あるべき『大丈夫？』とかって言葉ではなかった。

「は？　キモ」

思わず言ってしまった。高根くんはちらっと茜子さんを見た。茜子さんはびくっとした。

無言。

それが、茜子さんと高根くんの出会いだった。

「三組の、さぁ、高根？　ってやつ」

高校二年、土曜の午後、茜子さんはクラスメイトとカフェのケーキバイキングに来ていた。学生料金でようやく手が出るそのケーキバイキングで、クラスメイトの女の子達は全種制覇をするとはりきっていた。茜子さんはできるだけ小さいケーキを取りながら、歓談に興じる頭の片隅で、全部プラスチックの味がする、と思っていた。生クリームもプラスチック。チョコレートもプラスチック。チーズだけは牛乳に近くて、でも胃袋で存在を主張する。

煮詰められたコーヒーは苦く、ティーバッグのセルフでいれる紅茶は適当な蒸らし時間がわからない。

喉の奥では胃袋まで辿り着かないプラスチックとカフェインが暴れていて、レモンとオレンジのにおいがつけられた氷水で吐き気を飲み下すようにしながら、茜子さんはその話を振った。

「ブンメイ？」

そう言ったのは、隣の席に座った本居芽衣沙さんだった。高校で知り合った、いつもカフェに誘って来る甘党グループの首謀者。

「ぶんめい？」

聞き返すと、芽衣沙さんは甘いケーキを食べながらなお、コーヒーにスティックシユガーを二本いれて、かきまぜながら言った。

「そう、ブンメイって名前なの。中国とか、メソポタミアとかのね、あの字。小学校も中学校も一緒だからあたし知ってるよ。あんまり仲良くはないけど」

あいつどうかした？　と聞かれて、

「それが、こないだの合唱コンで――」

茜子さんの説明に、芽衣沙さん以外のクラスメイトはドン引き、顰蹙（ひんしゅく）の声を上げたけど、「あー」と芽衣沙さんが笑いながら言った。

「そういうやつよ、ブンメイ。夏休みの登校日の、戦争教育でも泣いてるし、卒業式でも、自分が卒業するわけでもないのに毎回泣いてた。最初はみんなからかってたけど、特にキョヒることもないから、面白みなくて、いつの間にか慣れてたね。でも変わんないんだね、そういうとこ」

そういうもの、そういうこと、という言葉を茜子さんは頭の中で繰り返した。「合唱コンクールでなんか泣くことある？」「知らん。本人に聞いてみたら？」という他の子の会話を耳にしながら、茜子さんは食べきれないショートケーキの端を倒す。

ゆっくりと倒れる、甘すぎて苦い、硬質の味だ。

その後も高根文明くんは茜子さんの生活範囲、観測範囲に入って来ると見せかけてほとんど入って来ることはなかった。そういう男の子がいたことさえ忘れて、夏が過ぎて秋が過ぎた。どうにもさみしくなるような、冬の入り口くらいで、茜子さんは高根くんを見掛けた。

学校近くの商店街の外れに、夕飯時にはいつもスープが終わってしまう人気のラーメン屋があって、そこに並んでいる列を横目に通ろうとして、すれ違ったのが高根くんだった。あ、と思った。高根くんは制服のまま、小難しそうな顔で文庫本を読んでいたから、もちろん茜子さんには気づくわけもなかった。あ、と茜子さんは思ったけれど、でも、声は掛けなかったし足を止めることもなかった。

ただ、目を合わせないように前を見ながら、少しスープのにおいをかいで思った。

（いいな）

いいなぁ、ラーメン。

そこではじめて、茜子さんは自分がラーメンをうらやむ心を持っていたことに気づっけ。

いた。え、好きだっけ？　ラーメン、と思った。そういう好きな食べものってあった

食事は全般義務で、好きだと思ったことはなかったけれど、ラーメンスープのにお
いをかぐと、いつもけだるくストライキ気味の胃袋が、からっぽであると主張した。
空腹というのがさみしさであると、今更なことに気づかされたりした。

もしかしたら、その憧れ、欲求は、自分から遠いところにあるからということもあ
るかも知れない。学校のそば、誰かが見ているかも知れない、オシャレでもないラー
メン屋の行列なんかに並ぶことはできない。ひとりでなんてもっての他だし、誘いあ
うような友達もいない。甘いホットチョコでもないし、ケーキバイキングでもない。

ふと、茜子さんは自分が男の子だったらよかったと思った。

別に高根くんにはなりたくないけれど。女が嫌なように、男だって嫌なこと、山ほ
どあるに決まっているけれど、男に生まれて、ひとりきりであの列に並んでいる自分
のことを夢想した。自分じゃない自分、になるような夢のことだ。

ああいうことを、ひとりで自由に、できる人間だったらどんなによかっただろう。

そして面倒で不要な自分の下腹部をなでながら、飢え、みたいな気持ちになった。

寒さが厳しくなって行くほどに。

ず、と鼻を鳴らしてみる。迷子みたいに、途方にくれた気持ちで。

それから茜子さんは高校三年生になり、一応の肩書きとしては受験生となった。

その、高校生活最後のクラスに高根くんがいることに、気づいてもなにも思うことはなかった。環境であり、背景だ。部屋の隅で無表情に座っている彼の、存在を忘れてしまった、と言ってもよかった。

茜子さんは退屈な日々に輪を掛けて退屈にしていた。日々の楽しみ、話題が尽きた時のネタ元として、恋心を向けていた男子バレーの先輩が卒業してしまったからだった。

茜子さんは先輩の卒業式、友達と、勇気をもって、第二ボタンをもらいに行き、もうなかったから握手だけしてもらった。

長い指で、乾いた手の握手。好きな異性との、触れ合い。スポットライト。

多分、これが、この恋の頂点だろうと茜子さんは思った。

そしてそのまま、先輩のことを忘れた。

当然の帰着だった。この、山と海と工場の夜景くらいしかない町で、列車に乗って新幹線に乗り換えればどこへだって行けるはずなのに、好きな人を追い掛けることもできないのだった。

とにかく手近で、新しい恋を探さなければならないと感じていた。そうじゃなければ、日々コミュニティの中での沈黙に耐えられない。

恋の話が、一番安全で、一番労力が少ないのだ。そのルートを外れたとたん、茜子さん達の語彙は家庭や学校への不満を選びはじめ、そして誰かを排斥する方向に向かうかも知れない。

人権教育なるものが行き届き、茜子さん達は世に言う「いじめ」が犯罪であるということをもう知っている。人生を捨てるリスクがある行為だって。頭の悪い人間がやることだって。でも、それを知ってるだけでは、自分達の暴力性を上手く操作できるわけでもない。

鋭利な爪を内側に向けながら、注意深く、やって行くしかないのだろう。

流行の曲を聴き、流行のアイドルグループの間を反復横跳びしながら、新しい恋を探しているふりをして、茜子さんは焦りを感じていた。誰も好きになれないことに。

新しいクラスでは相変わらず、毎年恒例の、合唱コンクールというやつがはじまった。

とにかくダルくてとにかく億劫なその、合唱練習の中で、そういえば、と茜子さんは同じクラスにいる高根くんのことを盗み見た。

高根くんはとにかく、しんとした男子だった。休み時間は大体本を読んでいて、寝ていることも多かった。特別仲のいいクラスメイトがいるようではなかったが、浮いているという感じもなかった。頭も、特別よいわけでもなければ特別悪いわけでもなく、ただいくつかの科目は得意なようだった。茜子さんがぼんやりと知っているのはそれだけだ。高校生活、あと一年、今更暗い男子と新しい関係性をつくる理由が茜子さんにはなかった。どこか暗澹（あんたん）とした高校三年生の生活の中で、景色のひとつだった。なんなら、石ころだ。

けれど、そうして練習の合間、そっちを見たら。

高根くんは前の方で、隅の方で、ちゃんと声を出して歌いながら。

時折、やっぱりずっ、と鼻をすすっていた。

やっぱり泣いてる……。

茜子さんはびっくりして、ぎょっとした。口パクすることも忘れていたから、調子がよくて陽キャな実行委員から、「声出して〜！」というクレームが飛んできた。あわてて歌ってるフリをした。

それからも時折高根くんのことは見たけれど、やっぱり正直なコメントとしては、

「キモ」という感じだった。とにかく、得体が知れない、理由がわからない、そういう時に、不安は形をかえて、二文字に収束されてしまう。

そういうことを思わなくて済むように、彼を視界にいれないように過ごしていたが、なにせ同じクラスにいるので。なんとはなし、気になってしまうことを止めることはできなかった。

高校三年は進路というものを決めなければいけない時期だ。進路指導と題した面談はちょうど合唱コンクールの練習と同時期にはじまった。

「ネコ、今日バイト?」

帰り際、茜子さんに聞いてきたのは芽衣沙さんだった。ネコは茜子さんのあだなだ。茜子さんは肩をすくめながら、億劫さを隠さずに言った。

「ううん、面談。十七時から」

「だっる!　おつかれさま」

そう言って、芽衣沙さんが鞄から、ひとつかみのお菓子を出して茜子さんの机の上に置いた。「あげる」得意げに芽衣沙さんがウィンクして、それから帰路につく輪の中に戻って行く。おしゃれな紙に包まれた、小さな飴玉みたいなそれを、茜子さんはちょっと開いてみて、息をつく。

飴か、キャラメルか。わからないけれどその艶やかな顔を見ただけで、きつい甘さが思い起こされて、あまり快適ではない胃液が出た。昼のサンドイッチがまだ残っているのかも知れなかった。

例えばどこかのコンビニの、イートインスペースで芽衣沙さん達はこの菓子を食べるのだろうか。

その場にいなくてよかったと茜子さんは思った。

どこで買ったの、美味しい、いくら？　そういう話をフルーツティーで流し込むこと。嫌じゃないのに、行かなくてよかったと思ってしまう。

放課後しか電源をいれることを許されていない（始業の時間に電源を切ってロッカーにいれることが決められていて見つかると没収される）スマホで動画を見ているだけで時間はあっという間に過ぎていって、茜子さんは時間通り進路指導室に行き、退屈な面談を終えた。公立の短大しか考えていませんと教師に言えば、もう少し上の学校を狙ってみる気はないのかと教師に問われた。

もう少し、上の、国立の大学とか、私立の大学とか？

そこに行って。

誰があたしの生活の面倒を見てくれます？

ということは思ったけれど口には出さなかった。先生だって、聞かれたって困るだろう。もしくは親身になって教師らしい話をしてくれるのかも知れない。人生の、選択肢の提示。例えば、返さなくていい奨学金のことだとか。そういう余計なことを聞きたくなかった。惑わされたくなかった。悩みたくなかった。そういうこと、で母親と話もついていたんだから、これ以上波風を立てたくない、というようなこともろくに説明をせずに、茜子さんは面談をとにかくやりすごした。

ひとの気配の少ない教室に戻ると、五時は十五分も過ぎていた。暗くなりかけた教室はがらんとしていた。

その端っこに、高根くんが座っていた。読み掛けの本を、読んでしまいたかったのだろうか、残りページの薄い文庫本から、顔を上げることはなかった。

ひとの目と耳の少ない教室だったから。

魔が差したように、茜子さんは言った。

「高根さ」

茜子さんの声に高根くんが顔を上げた。振り返った。相変わらず、無愛想な顔だった。分厚い眼鏡がこっちを向いたので、ちょっとたじろいだ。その、自分の反応は拒絶だったのかもしれない。あるいは、後ろめたさ。でもここまで言ってしまったから、勢い、言葉をつないだ。

「キャラメルとかって、好き？」

「菓子の？　嫌いじゃないけど」

と高根くんが答えた。その声が、落ち着きがあってわりと自然だったから、身構えて想像したより抵抗値の低いものだったから、茜子さんはどこか拍子抜けした気持ちになって、大股で高根くんの机に向かった。

そして高根くんの隣の机に軽く腰を掛けて、ポケットに入っていた、キャンディみたいな紙に包まれたキャラメルをぱらぱらっと文庫本の隣に落とした。

「あげる」

高根くんは眼鏡の奥で整えたことがなさそうな眉を寄せた。

「なんで？」

当然の質問だと思った。別に、茜子さんと高根くんは気安い友達ではなかったし、茜子さんは高根くんが好きではなかった、から。この行為には理由が必要なのだと思った。それはその通り。

「友達からもらったんだけど、甘いの好きじゃないの、ほんとはね」

「これ、めちゃくちゃ流行ってるやつだよ。高い」

返す刀で高根くんがそう言った。手の中のキャラメルを転がしながら、目を細めて。

続けて、何個でいくらくらい、と言うのに「げ」と茜子さんは声を上げた。

なるほどこのキャラメルは芽衣沙さんのわかりやすいマウンティングだったんだろう。お金持ちのお嬢さん。そういう子が意地悪なのは漫画の中だけで、貧乏人よりも優しいに決まっているけれど、こんな高級なものを軽々しく渡して来るのは結構暴力的で迷惑だ。それで嫌いになったりはしないし、目の前に差し出されたら、きっと他の友達と一緒に持ち上げていただろう。でも、心のどこかに惨めさはつきまとう。

だから、改めて、行かなくてよかった、とも思った。

「知らなかった。あんまり興味なくって……。でも、それなら捨てるよりいいでしょ。食べちゃっていいよ」

「いいの？」

「うん」と茜子さんは首肯をしてから、付け加えた。「いいけど、あたしが高根にこれあげたことは黙っておいてくれない？」

色々、なんか、思われたらめんどくさいから、というのを。

「わかった」

と高根くんは頷いた。おもむろにひとつ食べ、「美味しいよ。高級な味がする」と感想をくれたから、これは御礼のメッセージに使おうね、と茜子さんは心の中で思った。

「じゃあね、邪魔してごめんね」

読書の、と言って自分のロッカーに戻ろうとする茜子さんに、

「いいよ。珍しいもの食べられたし。かわりになんか、奢ろうか。自販機になるけど」

そういう穏やかな声がかかって、茜子さんは手を止めた。いや、いらないよと頭の中では思う。あなたに買って欲しいとか、ないし。

でも。

ここで断ったら例えば、その御礼ってやつが、言葉ひとつでも芽衣沙さんの方に行くかも知れないと茜子さんは考えたのだった。その可能性はあった。それは、もしかしたら少し、めんどくさい。

そう思いながら、茜子さんは高根くんを振り返り、言った。

「ラーメン」

「え？」

高根くんが、聞き返す。

「じゃあ、あのラーメン屋、連れてってくんない？」

　もうすっかり暗くなった、夕方の商店街は人通りもそう多くはないのに、その店の前には行列が二十人ほどできていた。「うわ、多い」と茜子さんが言えば、「回転はやいよ」と高根くんが言う。サラリーマンや大学生が多そうなその列は一列で、茜子さんは並び方がわからなくて、高根くんから半歩くらい下がって立った。ちらちらと通りの方を見て、知り合いが通らないといいなと思いながら。

　今日の夕飯は冷食でもあたためて、と母親から言われていた。彼女は夜勤だった。高根くんは慣れた様子で列に並んだ。はじめてこの列で高根くんを見つけた時のことを思い出した。それで。

「読まないの？　本」

　と茜子さんが聞いた。茜子さんが声を掛けたことで読み終わらなかった文庫本、読めばいいのにと思った。けれど。

「……まぁ、うん」

　と背中を丸めて高根くんが言った。

　そのまま無言になった。でも茜子さんはその無言に居心地の悪さを感じなかった。

寒くも暑くもない春の宵の口だった。

たまにスマホを見て、グループチャットに書き込んだ。少し迷いながら、『クラスの高根と今ラーメン屋並んでる』と言った。あとから詮索されるよりも、先に言っておく方が得策だと思って。『えっなんで⁉』『珍し』『仲良かったっけ？』ととたん発言が流れた。誰も、色恋の話だとは思わなかったようだった。まあ、高根だし、と茜子さんもそれは重々理解をしながら、『なんか流れで？』と追加で書き込んだ。なにそれ？　と笑うスタンプ。

これなら大丈夫だろう、と安堵する。注意深く。あぶれないようにできてる。ひとを不快にさせないように自分が不快にならないように生きていかなければならない。

「鳴沢（なるさわ）さんって」

その時、突然自分の苗字（みょうじ）を呼ばれて、「え、あ、はい」と答えた。苗字、覚えてたんだなって失礼なことを思いもした。

高根くんは前を見ながら聞いた。

「ラーメン、好きなの？」

え、と茜子さんは言葉に詰まる。

「いや、好き、てか……わかん……ないんだけど……」

学校指定のローファーのつま先を見ながら茜子さんは言葉を選ぶ。

「あんまり、こういう店で、食べたことないから。興味あったんだよね」

友達と行くのって、ケーキバイキングとか、パフェとか、パンケーキとかばっかりで。そう言う茜子さんの言葉に、ひとつ、高根くんが食いついた。

「パンケーキってあの、駅前のとかの？」

「そうそう、めちゃくちゃ並んだよ。二時間くらい？」

「すごい」

高根くんからシンプルな感嘆の言葉が出た。並び時間のことだと茜子さんはわかった。あのパンケーキ屋は茜子さんも確かに、すごいなと思った。

けれど結局、クリームの量が多すぎて完食はできなかった。でもこれは茜子さんだけではなかったから、気まずくはならなかった。浮かなかった。

「ラーメンも食べたらやっぱ、いらないかもって思うかも知れないんだけどね」

そう、食べきれないかも知れない。でも、それでも高根くんは気にしないだろうと思った。いや、気にするかもってことを、気にしなくてもいい。茜子さんは高根くんと友達でもなんでもなかったから。だから、こうしてラーメンを食べるために並ぶことができる。

　ふうん、というような、ほとんど興味のない返事を、高根くんはして、

「美味しいよ、ここ」

　並ぶ価値くらいはある、と続けた。そう、と茜子さんは思いながら、ぼんやりと続けた。

「高根は他のラーメン屋もよく行くの？」

　うん、結構、って高根くんは答えて、茜子さんはじゃあ、という言葉を飲み込んだ。

　じゃあ？　って、なんだろう。

　じゃあ、他の店も教えて？

　他の店、おすすめラーメン屋を聞いたら、そこに行くんだろうか。

　また、並んで？　芽衣沙さんをはじめとした他の友達と？

　オシャレでもないし話題性もない。

　どれもしっくりこない。そもそもラーメンを食べようとすることが、茜子さんにとってはイレギュラーなんだから。

　そのまま何も会話が発展しない間に、回転がはやいといった通り、高根くんと茜子さんの順番がきた。

を見てから頷く。

「二人？」

とドアを開けた店員さんに勢いよく聞かれて、高根くんがちらっと片目で茜子さん

「じゃあそっち、テーブル！」

とだけ言われた。その投げっぱなしな言い方に、茜子さんは面食らった。どんなカフェでもこんな扱いをされたことなんかない。「鳴沢さんこっち」と言われて、店に入ってすぐの、券売機の前に立った。

「普通のでいい？　小盛りにしとく？」

「あ、え、や、払うよ⁉」

連れて来て欲しいとは言ったけれど、奢られる気はなかった。だって自販機の飲み物とは違うだろう、値段が。

「じゃあお金、ここにいれる。普通？　小盛り？」

「こもり、で……」

「うん」

慣れた手つきで高根くんが券売機のボタンを押し、茜子さんが差し込んだ千円札が飲み込まれていった。出てきた小さい券と、お釣りを茜子さんは手にした。

高根くんがすばやく自分の注文を押しながら言った。

「卵って食べられる？」

「あ、うん」

「じゃあ味玉だけ奢る。美味いんだよここ」

その言葉に返事をする前に、高根くんは出て来た食券を持ってきびすを返して、茜子さんは慌ててその背を追い掛けた。座った瞬間、声量の大きな店員が、さっと二人分の券を机から取って行った。

気まずい、と茜子さんは思った。

カウンターの他に二席しかないテーブル席はもう一席が空いていて、二人で来る人が少ないのだと思った。テーブルの天板は普段授業をうける机程度の大きさしかなく、茜子さんは足が長いので少し座り方に気をつけた。

何を話せばいいんだろうと思ったけれど、むしろカウンターで誰も喋っていなかったので、喋らない方が正しいような気がした。正面の高根くんはといえば、ぼうっと茜子さんではなく、茜子さんの頭上を見ていた。

壁に掛けられたテレビには、夕方のニュースが流れているようだと、断片的に聞こえる音声だけで茜子さんは判じた。隙間を埋めるように喋らなくてもいいのだと思った。そのことに新鮮な驚きを感じながら、もうくせのように自分のスマホを開いてみたけれど、まだチャットアプリで行われている会話に入るのも違うような気がしたので画面を消して、顔を上げた。

　そのくらいの時間差で、ラーメンが出て来たから茜子さんはびびってしまった。はやくない？　と思いながら、茜子さんはそのつやつやした表面に対峙（たいじ）した。海苔（のり）と、ネギと、めんまと、チャーシューと、すごくシンプルなラーメンだった。泡みたいな球体の脂が浮いていて、いつもなら見るだけで油、胃に重く感じるのに、きらきらしていると茜子さんの目にも映った。

　高根くんが奢ってくれた卵も載っていた。どちらかといえばこげ茶に近い味玉だった。せっかく奢ってもらったものを食べきれなくて残すのは悪かろうと、茜子さんは一番に白いレンゲで卵をすくって、箸で割ろうとした。

　玉子は想像していたより弾力性があってやわらかかった。中がほとんど半熟だったせいだった。黄身が流れ落ちないようにあわてて口に含むと、濃厚で強めの味が口の中にとろけた。

「うま」

　と思わず茜子さんは言っていた。お世辞じゃなくて、付き合いでもなくて、会話の隙間の埋め合いでもなくて、心から出た言葉だった。自分の、口とか、舌とか、胃袋とか、が、そういう反応をするとは思ってなかったから混乱した。軽くはじけるようなパニックだった。

とっとと食べはじめていた高根くんはその言葉を聞いたのだろう。顔は上げずに眼鏡を曇らせながら、こく、こく、と二回頷いた。

それから茜子さんは自分の長い黒髪を結び直して、熱いラーメンを、四苦八苦しながら食べた。食べながら、食べたことがないと言ったけれど、こういうラーメンを食べたことがあるなと思った。

小さな頃にいなくなってしまったお父さんが、屋台で食べさせてくれたラーメンだと気づいた時に、なんだ、と思った。

なんだ。

蓋を開けたら拍子抜けな理由だった、そんなの。自分の女々しさやセンチメンタルさに心底嫌になったけれど、それはラーメンの罪ではなかった。ラーメンは美味しかった。

（美味しい）

これ、が、美味しいって、いうこと、という、それこそ人間一年生のアンドロイドみたいなことを茜子さんは思って、自分で笑ってしまった。

自分の好きなものは、自分で決めていいんだと思った。でも、ラーメンだってたまにでいいかも。たまにだから、いいのかもとも思う。多分、普通盛りでも食べられる気がしないし、スープを飲みすぎたらあとから後悔しそうだ。それでも。これは美味しい、よかったと思って、同時に、これが美味しいと思ったのに、ひとりじゃ来られないんだということを残念に思った。

きっともう少し大人になったら抵抗なく来ることができるんだろう。もしくは、自分にもラーメン屋に連れて行ってくれるような彼氏ができたら、彼氏が好きだから、ついて行くんだという顔をして——。

そんなことを言いながら、顔を上げて高根くんの方を伺った茜子さんは、向かいにある顔を見てぎょっとした。

「え、うそ」

めちゃくちゃ汗かいてる？　と思った。一瞬。違う、とすぐに気づいた。気づいた上での「うそ」だった。

泣いていた。

高根くんは、茜子さんの。頭の上、中空を見つめて。

ばっと茜子さんは箸を握ったままで背後を振り返る。テレビに映っていたのは、変哲もないニュースだった。なんとかという農産物が出荷の最盛期を迎えているとかなんとかかんとか。

茜子さんの衝撃に気づいた高根くんが「あ、ごめん」とすごくシンプルなことを言った。ざっと、隣に置かれていたティッシュボックスからティッシュを引き抜いて眼鏡の下の目元をぬぐったから、全然、全く、見間違えでもなんでもなく、泣いていた。

「なに？」

と気持ちクエスチョンマークを二十個くらいつけて茜子さんが尋ねた。周りは喋ってないとか気にしてる場合ではない。なに？　どした？　今なんか泣くことあった？　胡椒（こしょう）を鼻から吸ったとかじゃないよね？

「いや、ちょっと」

ティッシュをまるめて自分のラーメン鉢の裏に押し込みながら高根くんが言う。

「パンダがさ」

「パンダ⁇」

今度こそ、クエスチョンマーク、一個では足りなかった。絶対足りない。「うん」と高根くんは頷いた。そして、スープを飲む作業に戻った。もう麺は食べ終えたようだった。

「動物園のパンダの出産。難産だったみたいで、そういうの見てたら、泣けてきた」

茜子さんはいよいよ呆れかえってしまった。なんだそれは、というのが正直な気持ちだった。

「高根って」

まだ三分の一くらい麺を残したままで、手を止めて茜子さんは聞いてしまった。

「いつも、なんで、泣いてんの」

いつも、ってわけじゃなかった。茜子さんが高根くんの涙を見たのがこれで三回目。でもそれって同じクラスメイトになったばかりの十七歳とか十八歳としては充分多いし、いつもと言っても過言ではないんじゃないか。その証拠に、いつも、の部分を高根くんは特段、否定しなかった。

「なんで？」

スープを完食する手を止めて、眼鏡の奥の眉をしかめた。どうやら答えにくいことを聞いたらしかった。

それから少し視線を頭上にずらし、考え込む仕草をして、

「なんか感極まっちゃうと泣けてこない？」

と言った。

いや、だから、それがなんで、ということを聞きたいのだけれど、そういう会話はできなかった。まだそんな距離も親愛度もないのだった。

「変だよ」

「そうね」

と高根くんは、すごく自然な調子で同意した。変、だ。変だけど。

(別に、あたしはそれで迷惑をかけられてるわけでもないし)

批難するいわれなんかない、と茜子さんは思った。だから「ごめん」と言った。

「いや」と高根くんはしばらく言葉を探すようにしてから。

「自分でも変だしおかしいなとは思ってんだよ。家族からも呆れられるし……。ただ、だからといって我慢しようとか思ったことない」

それからレンゲでスープを飲むのをやめて、両手で鉢を持って高根くんは最後まで飲み干して言った。

「悪くないって気がしてるんだろうね、多分。涙の効用っていうのかな。ストレスの発散。自浄作用。そこまで言わなくても、まあ結局なんで泣いてるのかって、悪い気持ちじゃないからなんだと思う。これ、くせになってるんじゃないかって」

「泣くのが？」

「そう」

神妙に頷く。そういうものかしら、と茜子さんが思う。自分がスマホを触ってしまうのと同じようなことならまあ、それでいいか……と思うことにした。

それから急いで茜子さんはラーメンを食べ終えて、スープは残してラーメン屋をあとにした。

「味玉。あれが一番美味しかった」

「そうでしょう」

と高根くんは言って、ポケットに手をつっ込むと。

「じゃあ、鳴沢さん」

既に歩き出しながら、茜子さんに言った。

「また学校で」

ざっざっざ、と足早に歩いて行く、その姿を、めっちゃクールだな……と茜子さんは、別にあまり褒めている方の意味ではなく思って、見送った。

すっかり暗くなった夜道の中で、茜子さんはそうっと自分の胸の下を触る。

むかついたり、せり上がったりしなくて。

ただあたたかかった。指の先、耳の裏まで。

翌日になって教室にいっても茜子さんと高根くんは別に話をすることはなかった。高根くんは相変わらず休み時間は静かにひとりを楽しんでいたし、合唱コンクール練習では時折鼻をすすったりしていた。

茜子さんはかつて高根くんをキモいと言ったことをどこかでずっと後悔しながら、せめて口を開いて合唱で歌おうとしてみるけれど、上手く声が出せなかった。羞恥が嫌悪にかわってしまっていた。その嫌悪のかたちをした羞恥心を投げ捨てるほどには、茜子さんは多分、自分を好きにはなれなかった。

合唱コンクールは試験じゃない。点数もつかないし、単位もない。目立っていいことがあるわけもない。人が歌ってるのも、なんか、かゆい。高根くんが泣いているなんて理解不能だ。でも。

コンクール当日、茜子さん達は自分達にあてがわれた区域の座席に自由に座った。トイレに行っていて遅れた茜子さんは友達の一群を見つけて、その端、どちらに座ろうかなと一瞬逡巡（しゅんじゅん）する。

その端の、また向こうに、ひとりで端席に座ってる丸い背中を見つけて茜子さんはそちらの側に行くことに決めた。

「ここ、あいてる？」

友達ではなく、もう一方の端の方に聞いた。そこで息をひそめて座っていたのは、高根くんだった。

高根くんは一瞬眼鏡の奥を驚きで丸くしてから、黙したまま小さく頷いた。

「ねぇ、ちゃんとティッシュもってきた？」

座ってから、声をおさえて茜子さんが聞くと、

「今日は三個にした」

といっそ自慢げな様子で高根くんが答えるから、茜子さんも笑ってしまった。

一年生から、合唱曲がホールに響く。課題曲。川の流れを歌う、異国の曲だった。中学の音楽の授業でもやった気がする。聞き飽きたような曲なのに、すぐに隣の高根くんは泣き出した。

あーあ、と茜子さんは思った。隣に座って、同調できないか考えてみたけれど、到底そんな気持ちにはならなかった。

一年、二年、三年と順繰りにクラスごと、歌って行って。自分のクラスが歌う時はいつもより五割増しで高根くんが泣いていたので、他の学年が笑っていた。けれど客

席に戻った高根くんはけろりとしていて、心の強さは筋金入りだった。

全学年全クラスが歌い終わったあとには、学年ごと金賞が発表されたけれど、その一年の金賞のクラスを聞いて、

「あ」

と茜子さんが声をもらした。それから隣に、

「よかったじゃん」

と言うと、高根くんがまばたきだけで聞き返してきた。

「だってあのクラス、一番泣いてたし」

「そう？」

自覚があるのかないのか、気のないように高根くんは言うと、しみじみとした様子で言った。

「でも、どれもよかったよ」

その返答に。

茜子さんははじめて少し、高根くんがうらやましくなった。

五月が過ぎ、夏休み前に茜子さんのクラスでも席替えがあった。出席番号順に並ん

でいた席から、くじで席を決め直す。前から二列目の席になって、あまり勉学に積極ではない茜子さんははずれだな、と思った。そのすぐあとに、

「ねぇごめん、誰か後ろ行きたくない？」

とクラスの友達のひとりが声を上げた。背の小さなその友達は、一番後ろの席だと黒板が見えにくいのだという。

「いいよ、あたし」

渡りに船とばかりに茜子さんが自分のくじを振ると、「よかった」と友達はほっとした顔をした。

「座高が高いからね」

「高身長の嫌味だよそれは〜」と友達は笑った。

そんな会話のあと、自分の鞄や荷物を持って席を移動した、その時になって気づいて茜子さんは驚いた。

「あれ、隣？」

一番窓際、一番後ろに荷物を持って来たのは、高根くんだった。

「代わってもらった。隅が好きだから」

と高根くんは言う。自分の好きな位置に座りたいとクラスメイトに交渉ができる程

度には、高根くんはちゃんとクラスに溶け込んでいるのだと、変なところで茜子さんは感心してしまった。

高根くんの隣、特別嬉しいとは思わなかったけれど、嫌だとも思わなかった。目悪いのに後ろで見えるの？　これ遠視だから。遠視？　とかいう会話をしていると、歩み寄って来た芽衣沙さんが唐突に言った。

「ねぇ茜子、最近ブンメイと仲良くない？」

ぱっと、その瞬間周囲五メートルくらいの意識、が自分の方を向くのが、茜子さんはわかった。

芽衣沙さんの後ろから顔を出した別の友人が追従した。

「前もラーメン食べに行ってたよね？」

「えっ二人で？」

そういう仲なの？　と今度は別の、近くに座っていた女子のひとりが言った。（まずい）と茜子さんは思う。「そういう仲」がどういう仲なのかは置いといて、今自分がまな板の上に載っている、という時が、コミュニケーションではままあるのだ。エンタメとして消費をされる。選択肢を間違えると、ドボンだ。どういうドボンかは上手く言えないけれど、一度「ドボン」をすると這い上がることは難しいのだ。

「それは」

ひりつき、はりつけたような笑顔で、茜子さんが言葉を探して、でも見つけられないでいた。

ほんの一瞬が、ひどく長く、泥沼みたいに感じられる。あっという間に足を取られて。

安全圏に戻らなくちゃ。それがどこかもわからないけれど。

その瞬間、次の言葉を続けたのは高根くんだった。

「パンケーキ」

え、と茜子さんが高根くんを振り返ると、高根くんはしごく真面目な顔で、はっきりと言った。

「駅前のパンケーキ屋、僕がひとりじゃ入れないから今度連れて行って欲しいって鳴沢さんに頼んだんだ」

茜子さんは目を丸くする。高根くんが続けた。

「かわりにラーメン屋に連れて行くからって」

どっと笑った。ラーメン屋はないでしょ、という笑いだった。

「でも、美味しかったよ」

と茜子さんがフォローすると、「気をつかっちゃって」「災難だったね」みたいな顔を、女子はしたし、男子も苦笑をしていた。

きっとそれは高根くんの思うとおりの反応で、そういう風に上手くやる、器用さに茜子さんは心中だけで舌を巻いた。

お前らまだ休み時間じゃないんだぞ、という担任の言葉に、座席の移動から落ち着かなかったクラスメイトは散らばり、新しく決められたばかりの席に戻って行く。模試の申込書だという書類を書かされる退屈な時間に、茜子さんはメモ帳を一枚、走り書きをして消しゴムに挟み、指ではじくようにして高根くんの足下に落とした。

「ごめん、取って」

高根くんは表情をかえず、消しゴムを拾い、茜子さんの意図したとおりにメモを開いた。茜子さんが書いたのは、

ごめんね
変に気をつかわせたでしょ

という二文だった。高根くんは素早くその下に文字を書いて、消しゴムごと返して

きた。

「ありがと」

と言いながら茜子さんが受け取り、メモを開く。

茜子さんの文字の下に、特徴的な文字の、やはり走り書きだった。

こちらこそ
捏造した

捏造って、難しい字を知っているなと茜子さんは思った。かろうじて読めるけれど、書けないし咄嗟には出て来ない。

茜子さんはもう一枚メモをつくって、同じように渡した。

パンケーキ
いかなきゃね～

返事はこう。

二時間並ぶなら
さすがに本読むかも

ふ、と茜子さんは笑って、休み時間になってから、自分のメッセージアプリのＩＤを書いて渡した。

夏休みに入ってすぐのことだった。茜子さんは高根くんと連れだってパンケーキ屋に行った。

ＩＤは交換したけれど、待ち合わせなどの業務連絡以外はまったくといっていいほどやりとりがなかったし、その簡素さが心に楽だった。

茜子さんはパンケーキ屋に向かうにあたり、スカート以外の服を選んだ。できるだけ底の薄いサンダルも。変な「色」がつかないように、少しじゃなく神経をつかった。だってあいつは、そういうのじゃないと思った。そういう、エンタメとして、消費していい恋心をもってないから。

夏休みに入ってからのパンケーキ屋は行列だった。午前の、開店の時間に合わせて行っても、二時間とは言わないけれど最初の組がいれかわらなければ入れないだろうと思った。

茜子さんはスマホでゲームをしながら、高根くんは文庫を読みながら待った。

茜子さんの住まう土地は山と海が近い場所だった。夏になると、ふっと強い陽差しの中に潮の香りがまざることがあった。近いといっても、歩いて行けば一時間ほどはかかる場所だったが。

「海、行ったりする？」

同じ香りをかいだのだろうか。唐突に高根くんが尋ねてきた。

「行かない、あんまり」

水着も着たくないし、肌も焼きたくない。海水は生っぽくてちょっと苦手だ。プランクトンの大量死。その集合体のような気がする。

かといって、虫が苦手だから山も苦手だったけれど。

高根くんはなんでもない話を静かに続けた。

「妹はよく行ってる気がする。バーベキューだなんだって言って」

「え、高根妹いるんだ」

「まあ、……ひとり」

「じゃあ、妹さんと来ればよかったよね」

パンケーキだって、どこだって行けるじゃない？　というと、高根くんはひどく難しそうな顔をした。

「それ、財布の仕事だから」

聞けば納得の理由だった。

結局、並びはじめがまだ時間もはやかったからだろう。三十分と少しで入ることができた。

女子ばかりの店内に、茜子さんは進んで先に立ち、座席に座ってメニューを開いたけれど、そのクリームの強烈さを思い出して、ちょっと顔をしかめた。

茜子さんのそういう表情の意味を、過不足なく理解したわけではないだろうけれど。

「わけようか」

と高根くんが言ったので、「えっ」と茜子さんは聞き返した。「だって、せっかくなのに食べられなかったら悪いし」と言って、「もちろんシェア苦手だったらやめておくけど」と言った。茜子さんはばれないように一瞬、まわりを見渡して知り合いがいないことを確認した。後ろの列にも、知った顔はいなかった、はず。

「あたしも……クリームあんまり、だから……」

そして高根くんは名物である生クリームが山盛りのパンケーキと、それからポテトと飲み物を頼んだ。取り皿もいっしょに。

まるでカップルみたいに、ひとやまのパンケーキを分け合って食べた。高根くんはクリームを、心持ち以上多めに取った。

並ぶ前からパンケーキのことを思うと茜子さんの胃袋はじっとり重かったのだけれど、塩分強めのポテトフライと食べると、あまり無理なく食べきることができた。

「美味しかった」

と高根くんは言う。

「けど二時間はないかな」

並ぶ時間のことだろう。そりゃそう、それならラーメンに二十分並んだ方がいいよね、と茜子さんは店員に聞こえないように小さめの声で言った。

最後のジンジャーエールを飲みながら、「今日はこれからどうするの」と茜子さんが聞けば、「せっかく駅前まで来たから、映画を見るつもりで予約してきた」と高根くんが言った。

「映画、なんの?」

高根くんが言ったのは流行の洋画だった。流行だけど、茜子さんは見たことがなかった。そういうものに、あまりアンテナがないのだった。

「へーおもしろい？」

おもしろいよ、と高根くんは答えた。けれど。

「わりと、基本的になんでもおもしろい方」

と言うから、そうだ彼はそういうひとだったと茜子さんは思い至るのだった。

「見ようかな、あたしも」

と茜子さんが、深く考えずに言うと、高根くんがすぐに自分の携帯を取り出しながら言った。

「だいぶ埋まってたけど、二時の回ならもうちょっと時間あるし、今からチケット売り場行けば間に合うと思う。空席調べようか？」

その早口に、いや、大丈夫、と茜子さんは笑って、「あとで行ってみるよ」と言った。同じ映画を見ると言っても、別々の席で。その気安さがまた楽で、笑ってしまったのだった。女子の友達のように歩調を合わせない、楽さ。

これは絶対デートじゃないし、じゃないからこその気持ちの軽さがあった。

席を立つ直前、高根くんは半額より端数分だけ多い額をテーブルに置いた。几帳面さにやはり少し驚きながら、茜子さんはそれを受け取り、会計を済ませた。

「じゃあ」

高根くんはそう言って、やはりすみやかにパンケーキ屋の前から立ち去って行く。せっかく駅前に来たから、と言っていたし、何か目的があるのかも知れない。

茜子さんも、一度映画館に行って残っていた座席のチケットを購入すると、珍しくひとりのウィンドウショッピングを楽しんだ。それ似合うよとか可愛いよとか誰も言ってくれないウィンドウショッピングは、購入までは踏み切れなかったけれど、普段なら手に取らないような、思い切ったデザインのアイテムも見られて楽しかった。

そのうち映画の時間になり、映画館に向かって映画を見た。

ひとりで映画を見るのは、初めてのことだった。

シリーズ最新作と銘打たれていた映画は、初見としてはのりきれないことも多かったけれど、ギリギリに座席を取ったこともあって、普段より前方席で見る映画は、臨場感もすごくて目が回りそうなほどだった。

ストーリーより映像のすごさの方が際立っていた。話自体はシンプルな恋愛ものだ。なるほどね、と思いながら、終わったあと、少し固まった身体をほぐすように立ち上がったら、劇場を出た先で、パンフレットを買っている高根くんを見つけた。

その目が明らかに赤く腫れてしまっていたので、予想通り、期待を裏切らないひとだなとおもって、茜子さんも笑ってしまった。

「なに」

という高根くんに、「いや、いいお客さんだと思って」と茜子さんは言う。煽りとか、バカにしてるとかじゃなくて、心からの言葉だった。

こうして見て泣いてくれるなら、高根くんはなんというういいお客さんだろう。

それから、こまかい映画の感想を言い合うと（過去作準拠でわからなかったところを説明してもらっただけだが）、別に歩調を合わせたわけでもなく、連れだって建物を出た。その先で、高根くんが唐突に言った。

「鳴沢さん、朝ご飯、何食べてる？」

「え？　食べてない」

思わず、茜子さんが言う。本当だった。今日も、開店からパンケーキに並ぶというから抜いてきたし、平日も、カフェオレくらいしか飲まなかった。

「あ、そう……」

と高根くんが言う。

「なんで？」

茜子さんが言えば、高根くんが駅ビルの一階に入ったパン屋を指さした。

「いや、そこの、パン屋のカレーパン。夕方からしか出ないいんだけど、美味しいから、明日の朝ご飯にどうかなと思って」

でも、朝ご飯がお米派だったらいらないでしょ、と高根くんが言うので、茜子さんは声を上げて笑ってしまった。その笑い声に、高根くんはぎょっとした。

「なに？」

「や、あたし達、食べ物の話しかしてなくない？」

最初に喋った時からさ。なんか、食いしん坊みたいじゃん、と茜子さんが言うと、「食事は大事だよ」と高根くんが言った。

食事は大事だよ。

その論理はわかるけれど、説教くさい言葉で普通なら聞きたくもない台詞だった。でもその時は、茜子さんの身に染みた。

大事、なものを。大事にできていない。ちゃんとできてない。

だって、そう、そうだから。

茜子さんはずっとそうだから。

カレーパン、お母さんへのお土産にすると茜子さんが言うと、そうするといい、なんならパン代も請求したほうがいいよ、僕はいつもそうしている、というようなことを高根くんが言って、結局一緒にパン屋に入った。

まだあたたかいカレーパンを抱いて、「高根、家はどっち？」と聞いたら、とある駅名を言った。

電車で帰るんだな、と茜子さんは理解して、「鳴沢さんは？」「えっと、あたしも」いつもならバスで帰るところを、電車で帰ることにした。

本当はバスの方が、家の近くまで行くはずだった。けれど、電車の方が、安いし、というのは我が内心ながら下手な言い訳だなと茜子さんは思っていた。

休日だけれど、ホームに人は少なかった。

夏のはじまりの熱気がまだ冷め切っていなくて、待合室は微弱ながら冷房がついているはずだろう。

けれどまだ蒸すホームに、茜子さんと高根くんは、ちょうど人間一人分くらいを間に空けて立っていた。

高根くんは次に来る快速に。

茜子さんはそのあとに来る鈍行に乗るつもりだった。

見知らぬひとと、並んで電車を待つのと同じ間隔を空けて。

二人、まだ陽の残る夏のホームで電車を待っていた。ホームの椅子にも腰掛けず、待合室にも行かないで。

高根くんは午前に読んでいた文庫本を取り出すことはしなかったし、茜子さんも、自分のスマホを覗くことはしなかった。

そして二人、オレンジがかった線路と向こうの景色を眺めていた。

「――食べ物の話ばっかりって言うけど」

唐突に、けれど穏やかに高根くんが線路を向いたまま口を開いた。

「他になに話すもん？　普通なら」

普通、なら。茜子さんは少し考えて、答えた。

「先生の悪口とか？　親への愚痴とかかな」

あとはアイドルの話とか、昨日見たドラマの話とか……大したことは話さないよ、いつも、と自分の生活を思い出しながら茜子さんが言う。

「あとは、恋バナ？」

そこでちらりと隣を見た。高根くんは眼鏡の奥で、ほんの微(かす)かにだけど、もう赤みの引いてしまった目元をしかめた。そして言った。

「そっちは期待されても、ないですね」

「なんでいきなりですます？」

露骨じゃん、と思いながら茜子さんが笑った。淡々と高根くんが言う。

「申し訳ないけど、ないものはないから」

「ないかぁ。別に申し訳なくはないけど、え、好きな子とかいないの？」

だから、ないよ、といつもより静かな調子で高根くんが言うから、茜子さんは踏み込み方を誤った、ことを自覚して、少しひるんだ。

話したくない話題をふったんだと思った。そういうつもりじゃ、なかったけど。

茜子さんの気まずい後悔と葛藤の横顔を、いつの間にか高根くんが見上げていて、気を遣うようにして、言った。

列車通過のアナウンスのあとに。

「そういうのがない、大前提で、鳴沢さんのことは嫌いじゃないけど」

ごおっとその時、貨物列車が線路を駆け抜けていった。

熱せられた線路から立ち上る熱風が、茜子さんのサイドに垂れた髪をふわりと持ち上げた。

空中浮揚のようだった。

けれど茜子さんは切れ目がちな瞳を精一杯丸くして、小さく口を開けていた。

「え、意外」

と思わず茜子さんは言ってしまった。

「意外？」

「だってあたし、キモとかいったじゃん。高根のこと」

「言ったね」

思わず言ってしまったけれど、高根くんは頷いた。やっぱり聞こえてたし、覚えてたんだと茜子さんは思った。

「そういうの、やじゃない？」

あたしだったら嫌だ、という、自分勝手な、思いやりのない発言を、高根くんは受け止めて、流した。

「嬉しくはないけど、でも、キモいって思うのは自由だと思う。そういう、他人の心証まで気遣うのは余計な疲労だと考えてるけど、だから、そういう印象をもたれるのは仕方がないことなんじゃないかな。鳴沢さんは僕のことキモいと思っても、いきなり通報したり殴ったりして来るわけじゃないし」

「そんな野蛮じゃないよ」

ちょっとひどくない？　と思わず茜子さんは不満の声を上げてしまう。ふっと高根くんが笑った。あんまり見ない笑顔だ。どうやらウケた、ようだった。

「まぁ」

と高根くんが、自分の腕時計を見て、次にくる電車の時間を気にするそぶりで、俯いて言った。

「実際今も、身の置き場のない感じは、ある」

その言葉に茜子さんが、眉を上げ、黙ったままでいると、高根くんは言い添えた。

「そもそも鳴沢さんみたいな女子と、あんまり親しく話すことが、ないし」

「確かに」

と茜子さんは身も蓋もない言い方もした。「あたしも、そうだよ」なんか変な感じ。高根と話すの。

でも、確かに嫌いじゃない。

「鳴沢さん、」

とそこで高根くんは何かを言い掛けたけれど。

その時快速列車がやって来たので、高根くんは言うのを、やめた。

電車のドアが、開く。

ひとり、ふたりと乗客が降りて来る。

「今日はどうもありがとう」

「こちらこそ」

高根くんが電車に乗り込む。こちらを振り返る。

「じゃあまた、学校で」

じゃあまた学校で。

ホームドアが閉まり、快速電車が走り出す。

閉まってすぐに、高根くんは背を向けて車両の奥に入ってしまったから、どういう顔をしていたかわからないけれど。

ホームに残された茜子さんは、今日の高根くんとの一日を、思い出す。高根くんは男の子で、茜子さんは女の子だった。でも、そういうんじゃなかったな、ともう一度しみじみ思い返してみても思うのだった。

あたしたち、男と、女で。

嫌いじゃなくて、でも。

茜子さんと高根くんは、友達と言うには遠くクラスメイトと言うには遠く男女と言うにも遠かった。行きずりと言うにも遠く恋をはじめると言うにもあまりに遠い。でも茜子さんは唐突に気づくのだった。

人間と人間は、元々、惑星と惑星みたいに、快速と鈍行みたいに、ずっと遠い。

夏の夜の空気はぬるく、腕の中のカレーパンは、まだあたたかさを失わない。

スカートもはかず、化粧も最小限で、髪もひとくくりで出て来たけれど。

世にも遠いあなたと、食べる食事は、いつも美味しい。

これってなんだろうと、茜子さんは思ったけれど、誰にも聞かないのだろうという漠然とした予感がある。

誰にも聞かない。誰にも言わない。

答えなんか、なくてもいいんだ、きっと。


それから茜子さんは、ひと夏ずっと、高根くんと連絡をとらなかった。

つながったメッセージアプリは沈黙を守り、カレーパンは美味しかったけれど、それを伝えることもなかった。

茜子さんはけだるい夏を、ほとんどアルバイトをして過ごした。茜子さんは母子家庭であったから、アルバイトが容認されていた。近所のコーヒーショップはサラリーマンばかりで、年齢不詳の店長にはよく小言を言われたが、家から近いし仕事も覚えてしまっているのでバイトを変える気にもならなかった。制服は煙草くさくなったけれど、学生がほとんど現れないことも魅力的だった。

高三の夏休み、芽衣沙さん達と東京に遊びに行く計画を立てていた。そのためにも、お金が必要だった。そうじゃなくたって、お金が必要だ。はじめてバイトでお金が入った時、「ああこれで生きていける」と茜子さんは思ったものだった。

いらっしゃいませ、ポイントカードはよろしいですか、こちらお返しとなります。ありがとうございました。

ロボットみたいに繰り返す。バイト先の空調は効きすぎるくらいで、毎日靴下を二枚履いても薄ら寒かった。それでいて夜は熱帯夜続きで、ろくに眠れもしない。それでも、お金を稼ぐことで茜子さんは安定していた。遊びに行くと言えば受験生なのにと小言を言う親も、バイトだといえば目くじらを立てない。

うだるような夏は融けていって、茜子さんは体重を二キロ落とした。かといって水着を着て行くようなイベントもなかった。

高三の夏休みだ。補講も多ければ模試などもあるのでクラスメイトと顔を合わせることも多かった。海が山が旅行がバイトが受験がとみんなが騒ぐのを、どこかけだるく聞き流しながら茜子さんは生きていた。

隣の席の高根くんは静かだった。

ただ、たまに声を掛け合ったり、お互い表情を覗き合うような、気安い仲だった。

このまま、順当に行けば。茜子さんは希望の公立短大に推薦で入ることができるはずだった。けれどそのことを、誰にも言わないでいた。専願の推薦ができるのは、学年でも数人だ。

「他の子は受験で忙しいから」

夏休みの終わり、文化祭の実行委員をやりなさいねと進路指導の教師から言われた時、正直茜子さんはだるいなと思いつつも、拒否権を持たなかった。

「……茜子、ネコ！」

繰り返し呼ばれてはっと茜子さんは気づいた。少しぼんやりしていたようだった。

高校最後の夏休みが明け、文化祭準備の最中だった。

「大丈夫？　顔色悪いよ」

はいこれ、と友達の芽衣沙さんが渡してきたのは、個包装されたのど飴だった。CMで見た、アイドルが宣伝をしている、新作の。

「ありがとう」

茜子さんはそれをポケットにいれて立ち上がる。

茜子さん達のクラスは、クレープ屋をすることが決定していた。

店の内装やチラシ、食券をつくって、当日店番のシフトも茜子さんが決める。実行委員だからシフトには入らなくてもいいと言われたけれど、欠員があれば代理で出なければいけないし、当日までの雑用は多い。

「ねぇ、これパネル足りないんじゃない？　どうする？」

店の看板を作っていたクラスメイトに問われ、ちょっと考えてから茜子さんは言っていた。

「あたしが買って来るよ」

「茜子、行ってこようか？」

仲の良いグループのクラスメイトがそう聞いてくれるけど、茜子さんは首を振った。

「領収書のもらい方とか……手続き必要だから、あたしが行って来る」

発生するであろうお金の立て替えも面倒だった。アルバイト代が入ったばかりだから、自分が行くのが適切だろうと茜子さんは考えていた。

茜子さんは別に、世話好きではない。自分で動くのは億劫だ。

でも、人に動いてもらうのはもっと億劫だった。

鞄を置いたまま、財布だけ持って下駄箱で靴を履き替えていると、

「鳴沢さん」

呼び掛けられて顔を上げる。追い掛けてきたのか、そこに立っていたのは教室で準備をしていたはずの高根くんだった。

「買い出し手伝う」

と自分の下駄箱から靴を取り出す高根くんを、まだどこかぼんやりした顔で茜子さんは見た。

あれからラーメン屋もパンケーキ屋も、映画もパン屋も二人で行くことはなかった。けれど、わざわざどこかに行かなくても悪くない関係を築けている気になっていたし、機会があればまたどこかに行きたかった。同時にその機会、は、なさそうだなと思っていた。から、高根くんの申し出を、茜子さんはすぐには飲み込めなかった。

思わず、聞いてしまう。

「え、なんで?」

「ペンキも足りないんだって。一緒に買って来るとなると絶対重いよ」

「ああ……」

追加で、足りないものが。それを聞くと、確かに高根くんの言うことは筋が通っている気がした。じゃあ頼める?　と茜子さんは高根くんと連れだって歩き出す。

向かったのは商店街の近くにある画材屋だった。落ちかけた夏の西陽はまだきつかった。日差しだった。

　ふわりと茜子さんは欠伸をした。

「疲れてるね」

と高根くん。「まあ」と茜子さんは曖昧に返事をした。

「寝るの遅い？」

「まあはやくはない、かな……。夏休みの間の夜型生活が抜けなくて……」

　別に何をしているというわけでもないけれど、いつの間にか朝になっている、ということが何度もあった。

　そう、と高根くんは言った。

「なんで？」

　茜子さんがあまり頭を働かせずに聞くと、高根くんは一瞬ためらったあとに、そっと続けた。

「目に隈。結構目立つ」

「うそ、やば」

　茜子さんは愕然（がくぜん）として、自分の目元をなぞった。

「夜は寝た方がいい」

と高根くんは、当たり前のことをすごく重要なことのように神妙に言った。「ええ、まあ、……はい」と茜子さんは面食らいながら返事をする。

「バイトしてるんだっけ」

「うん。家の近くのコーヒーショップ。今は夜だけだけど」

「なのに文化祭の実行委員もやってるの、意外だ」

と言われ「はは……」と茜子さんは乾いた笑いをした。少し俯きがちにつま先を見ながら、言う。

「推薦の内申取りなんだ。本当はね。学校推薦枠、少ないでしょ？」

「ああ」

なるほど……と高根くんは言い、「偉いね」と言った。「偉いかな」「偉いよ。別に好きでやってるわけじゃないのに、手も抜いてない」「抜いてるよ、手。受験にも、人生にも」と茜子さんは自分を卑下する言葉を止められなかった。疲労が毒のように巡っているのかも知れなかった。

「高根、進路希望どこ？」

何気ない茜子さんの問いに、高根くんは地元の工業大学の名前を挙げた。そこのプログラミング分野に興味があるのだと。「へぇすごい」と茜子さんは力なく笑った。

「じゃあ結構終盤まで粘るんだね、受験。あたしより全然偉いじゃん」

疲れていただけだと思う。それか、寝不足だったからか。

「あたしなんにもないから」

気づくと、言っていた。

「自分もないし、やりたいこともないし、夢もないしお母さんに楽させてあげようかもない。地元で、公立で、短大なの、親に苦労かけたくないって言えば親孝行みたいだけど、そうじゃなくてこれ以上無理してる親の背中見るのがきっついんだ。それを自分のせいだって思うのがしんどいんだよ。だから」

ため息がもれた。絶望するのにも胆力がいる、と茜子さんは頭の隅で思っていた。

「ビジネス科にいって、就職は東京に行く。東京に行ったからって別になんになれるわけじゃないだろうけど。でも」

東京には全部がある気がしてる。

全てが。いいことが。たのしいことが。遊園地みたいに、楽園みたいに。

弱気だし、言っても仕方がないことだと思った。こんなこと言ったたって。

でも、高根くんは聞いてくれそうだとも思ったのだ。

高根くんは少し、考え込むような顔をしていた。それで。

「なにかにならかなきゃいけないんだ？」

と呟くように言った。

「だって」と茜子さんは小さな子供のようなことを言った。

あたしはちゃんとしたい、と茜子さんは言う。高根くんは「してると思うけど、ちゃんと」と言い澱(よど)んでから、

「まあ、よくわかった」

と言った。

なにを？　と茜子さんは思う。

一体、なにを？

自分でもわからない、自分のことを、あんたが一体どうわかったというの、と茜子さんは思ったけれど。

そこで画材屋についてしまったから、会話は終わってしまった。

二人は余計なことは話さず、必要な道具を選んでレジに持って行った。

茜子さんが精算をしている間、高根くんは「ちょっと隣のコンビニ寄って来てもい い？」と聞いてふらりと出て行ってしまった。

重い画材を抱えて茜子さんが店を出ると、戻って来た高根くんが小走りで近づいて

来て画材の袋を持ってくれた。そのかわり、自分が提げていた小さなレジ袋を茜子さんに渡した。

「これは？」

見てもいいものなのかなと、おそるおそる中を覗けば、入っていたのはコンビニで売ってる鉄分ドリンクだった。

「飲むと効くって、妹が言ってた」

そして学校に戻る道すがら、いつもよりも少し強めの口調で高根くんは言う。

「鳴沢さんは、今日はちゃんと寝る。ラジオ体操みたいに、簡単なものでいいから運動をして、それからできれば湯船につかって、ちゃんと寝間着を着て。湿度を温度を快適にして、蒸しタオルかなにかで目元を温めてから、嫌なことを考えないように、よかったことを思い出して、寝る」

「寝る」

鸚鵡（おうむ）のように茜子さんは繰り返した。どうしてそんなことを言われるのかわからないなと思いながらも。

「それで」

高根くんは、言葉を選び、でも、選びきれなかったかのように、真っ直（まっす）ぐ茜子さんを見て言った。

「あんまりいい加減に扱わない方がいいと思う」

「なにを?」

「自分を」

茜子さんは足を止める。

先を行く、高根くんが振り返る。

「何度も言わないから、よければ覚えてて欲しい」

自分を大事にするように。粗末に扱わないように。乱暴にしないように。高根くんは、そういうことを言っているのだった。めちゃくちゃに唐突だったし、その一方で、ずっと彼が考えてきたことのような気もした。

「あたし、」

どこか呆然と、茜子さんは言った。

「高根からそんなことを言ってもらえる価値、ないよ」

高根くんは頷いた。「そう」と。

「そう、じゃあ、僕じゃなくて、自分でそう言うんだ」

自分で自分にそう言うんだ、と高根くんは言った。もうほとんど沈んでしまった夕陽の赤みが茜子さんの瞳を焼いた。あかね色、ってことを、思った。

指にひっかかる、鉄分ジュースの重みが、自分の価値のように感じられる。

重くはない。

けど、確かにある。ここに。


茜子さんは高根くんにそう言われたけれど、不安というのはなかなか解消できるわけではなかった。ただ、鉄分ドリンクを飲んで、蒸しタオルで目をあたためたら、いつもより深く眠れたし、少しばかり隈もましになったような気がした。

肌を整えるだけの化粧をして、眉も抜いて、薬用のリップクリームをぬって学校に行く。それだけのことなのに、ぼやけていた視界が少し明るくなった気がした。

文化祭当日は、芽衣沙さんをはじめとした女子グループが店を仕切ってくれることになっていた。

「でも絶対午後一の体育館は行きたい！」

とみんなが言っていたのでなにかと思えば、軽音部の二年に人気のバンドグループがいるらしかった。

他校にもファンが多いバンドで、高校生でありながら社会人ともバンドを組み、ライブハウスにも出たことがあるらしい。女子の皆が盛り上がるのだから、もちろん「めちゃくちゃカッコイイ」のだろう。そう言われると茜子さんにも興味がわいた。

「行けばいいんじゃない？」

と珍しく隣から、割り込むように言ってきたのは高根くんだった。

「実行委員だからずっといなきゃってわけでもないでしょう。気になるなら行った方がいい」

店番のエプロンを外しながら高根くんが言う。「なお僕も今から行く」と言うので、それにはみんなが笑った。

茜子さんはいくつか足りなくなりそうな材料の指示をしてから、みんなとは少し遅れて体育館に向かった。

体育館に向かう渡り廊下の時点で、体育館が揺れるような音と歓声が聞こえてきて、足が自然、早くなる。

重いドアを開けると、こもった熱気が吹き上げて来るようだった。

（音だ）

音楽、が荒れ狂ってる、と茜子さんは思った。並べられたパイプ椅子もほとんど意味をなさず、立ち上がった生徒が波になっていた。確かにこの学校以外の制服の姿もあった。大盛況だった。

　クラスの友人達はもみくちゃの中に見つけられなかったけれど、少しはずれた後方で、呆然と立ち尽くしている後ろ姿に見覚えがあった。

　茜子さんはぶつかるようにその、高根くんの肩を押した。

　高根くんがびっくりして振り返る。

　泣いてた。

　やっぱり、と思った、と茜子さん笑って、そのまま興奮にのっかるように、高根くんの肩につかまって、腕を振り上げながら言う。

「ねぇ」

　音楽、が、気持ちいい、と思いながら。

「なんで泣いてるの、教えて」

　高根くんは聞こえないのか少しつま先立ちになって、茜子さんの顔に耳を寄せた。

　そこに、茜子さんが、お腹から出した声を打ち込む。

「どの辺ががいいの!?」

　その問いに、高根くんが、またつま先たちになり、今度はかがんだ茜子さんの耳に、打ち込むように言った。

「ぜんぶだよ」

鼓膜がばかになりそうな、ドラムの音にのせて、繰り返し。

「ぜんぶだ！」

その言葉に、茜子さんが笑う。

「そっか！」

高根くんみたいに涙は出ないけれど、あたしも好きだよ、と茜子さんは思った。

「ネコ最近、ブンメイと一緒にいること多いね？」

ファミレスで、芽衣沙さんがパフェを攻略しながら言った。茜子さんは薄目にいれたカフェラテをまわしながら、

「うん」

と穏やかに頷いた。

受験も終盤の、模試の帰り道だった。小さな打ち上げみたいなものだった。茜子さんはもう推薦で進路を決めていた。高根くんとはとっくに座席も離れていたけれど、休み時間や放課後、穏やかに話すことは多くなった。

茜子さんは最近、呼吸のしやすさを感じていた。別れが近いからなのかも知れなか

った。学校という集団の、おしまいが近くて。それは寂しいけれど、同時に気持ちが楽にもなる。

「なんか、ウマがあったみたい」

その言葉に、他の友人達が身を乗り出す。

「え、高根と⁉」

「意外！」

その言葉に、「でしょう」と茜子さんは笑った。続く、「茜子と高根じゃ、全然釣り合わないよ」という言葉には、曖昧に笑って答えなかった。釣り合わないといえば、釣り合わないのだろう。茜子さんの方が、だ。

だから、これは、今だけ、今もう少しだけのことなのだろう。

淡く笑って、茜子さんが言う。

「あいつ、いいやつなんだ」

いいやつだよ、と茜子さんは繰り返す。

いいやつかぁ、とみんなが言って、その話はおしまいだった。みんなが、好きなひとの話になった。

茜子さんはどうしてもその、新しい恋の話には乗れなかったけれど、乗らなくてもいいような気持ちになっていた。

冬の、からかぜのふきはじめた外を見る。

もうすぐ卒業というおしまいがやって来る。


卒業式は穏やかな春の日だった。

あんなに心がわきたったのに、一年前の卒業式のことも、茜子さんはほとんど思い出せなかった。

クラスの大半は進路が決まっていた。

春らしい、浮ついたその日。

「高根、高根」

体育館に向かう高根の肩を叩いて、茜子さんが言った。

「あたし、歌うね、今日は」

高根くんは、びっくりした顔をして、目を丸くしていた。

茜子さんははじめて卒業式の歌を、声を張り上げて歌った。

溶け出してひとつになって。吸って吐いて。そういう風になりたかった。高校生活の仕上げに。

そういう風にしてもいいと思った。きっと上手くはなかったけれど、誰もそんなことを笑う人はいなかった。

茜子さんの歌声が、高根くんに、届いたのかどうかはわからない。（なぜなら高根くんは、途中で身を震わせて、前方の席で、そりゃもう身も世もないくらい泣いてしまったので）（そして茜子さん達クラスメイトは、腐っても一年間一緒にいたのだから、いい加減彼のことがよくわかっていて、気が済むまで泣かせてやりたいと、みんな、少なくとも茜子さんは思ったので）

　これが最後なんだから。

　これで最後なんだから。

　卒業証書を受け取り、花道を通るように体育館をあとにする。教室で最後のはなむけの言葉を受け取ると、桜の蕾がふくらみはじめた、正門の前に出た。

　春の空は、ぬけるように青い。

　遠くに白い山も見える。

　自分はいいところに、生まれたと茜子さんは思った。いろんなことが、今更だけれど、唐突に。感傷的になった。

　今日この時ばかりは無礼講で、みんなでスマホを取り出し写真を撮り合っていた。

せっかくだからと茜子さんは思った。

茜子さんはクラスメイトに尋ねた。

「高根、どこかで見た？」

その言葉に、友人達は首を振ったり、辺りを見回したりして。

「見たよ」

芽衣沙さんだけが、声を少し抑えめにして、言った。

「ブンメイ、卒業式が始まる前に後輩の女の子に呼び出されてた」

え？　と茜子さんが聞き返す。芽衣沙さんが、茜子さんの腕を摑み、その耳に伝えた。

「式のあと、教室に残ってて下さいって」

ダメ押しのように、芽衣沙さんは言った。

「多分告白だと思う」

試すように、黒い瞳がそこにある。

茜子さんは、戸惑いもつれるような足取りで、雲のような感触の階段を上り、自分の教室がある階にたどりついた。

あとは廊下をまっすぐ、というところで、ぱたぱたと、強い足取りで走って行く、制服の女生徒とすれ違った。後輩だろう。

顔は、見えなかった。けれど。

その歩調と、髪の揺れ、気配から、涙のにおいを感じた。

茜子さんが教室にたどりつくと、そこにひとり、窓際の、自分の席の机に腰を掛けて外を見ているシルエットが見えた。

高根くんだった。

泣いているのかなと思った。泣いていてもおかしくなかった。いや、おかしいけど。

泣かせたのはあなたのくせに、ということを、思ったけれど、茜子さんは言わなかった。その代わりに。

「付き合ってみればいいじゃん」

あまりに唐突だったけれど、そう、言っていた。

唐突だったけれど、確信だった。三年間、もしかしたらもっとずっと、恋の話ばかりしてきた茜子さんだったから。

わからないはずがないのだった。

高根くんはゆっくりと振り返った。その目には、卒業式の涙のあとこそあれど。

もう泣いてはいなかった。

「付き合って、みたい、と思わない」

少し掠(かす)れた声で、高根くんはそう言った。説明の少ない言葉だった。なにがあってどうしてとかそういう説明は省いて。

「なんか、あんまり、そういう欲求がわかない」

本当の、嘘のない、心のことを、話してくれたのは。

ここにいるのが、自分だから、だと、自惚(うぬぼ)れてもいいのだろうかと茜子さんは思った。自分は、少しか、この人の特別になれただろうか。

茜子さんが、高根くんとの時間を特別おだやかに感じたように。

高根くんは外に顔の向きを戻し、淡々と言った。

「自分の、恋愛の回路が上手く動いてないのを感じることがある。感動、ってやつはこんなにするのに、そういうのはからっきしで」

泣き虫で有名な高根くんは。泣くのが得意で。だから、得意じゃないことも、きっとある。そういうことなんだろう。

「こんな状態で、付き合ってみる、ってのが、失礼だと思うし」

ぐっと、腹の底に力をいれるようにして、絞り出すように高根くんが言った。

「気が進まない」

その一言に、ふうっと茜子さんが、止めていた息を吐いた。吐きながら。

「そっちのほうがいいよ」

とやわらかな声で言った。できるだけ、自分の印象が悪くならないように。そういうずるさで、茜子さんは説明をした。

「相手に失礼だから、付き合わないっての、そりゃないでしょって思っちゃうよ女の子なら。だから、気が進まない、から付き合わないってほうが、諦めつくでしょ」

「そうか」

と高根くんは、吐息みたいに言った。

「勉強になる」

と、本当に、苦手な科目の解法を教えてもらうように、言った。

しょうがないなと茜子さんは思う。

しょうがないなぁ。

きっとあの後輩の女の子は、本当に高根くんのことを好きだったのだろう。茜子さんにはそれが容易に想像できるのだ。かつて、一年前、茜子さんが男子バレーの先輩に、握手をしてもらって嬉しかった、時のように。

泣き虫な眼鏡の先輩が、魅力的に映ることがあったんじゃないか。

でも、彼女は、自分の好きな気持ちを大事にしはしても、自分の恋を大事にはしても、高根くんのことを知ろうとはしなかったんだろう。高根くんが、どんな人か。なにを大事にしてくれる人か。なにが好きで何が嫌いで、どんな生き方をしていたいか。

幻滅をしたくなかったから。

恋を、恋のままでしていたかったから。

その気持ちは、茜子さんにも――よく、わかる。でも、今、茜子さんは、ここにいて、高根くんと、高根くんの心の内側の話ができる。

それは、この一年、恋ではなく、あたため続けた二人の関係だ。

茜子さんは。自分のスマホを握った。最後の思い出に、きっともう会うこともないかも知れないから、写真を、とろうと、思っていたけれど。

「ちなみに聞くけど」

これを聞いたら、きっと写真はとれないだろう。そういう、気持ちを、胸の中の天秤（てんびん）で、一度だけはかって。

やっぱり、言っていた。

「あたしでもダメなんだよね？」

茜子さんの問いに、外を見ていた高根くんがゆっくり振り返る。意味がわからなかったわけではないだろう。茜子さんの、心を、確かめるような視線だった。それから、本当に、噛みしめて、考えて、ちゃんと、答えを出そうとしているのが、わかった。

「――また、失礼だと言われるかも知れないけど」

ゆっくりと、静かに、高根くんが、答えをくれた。

「どっちかっていうと、鳴沢さんが、僕じゃだめでしょ」

その言葉に、くしゃりと茜子さんは顔を歪めた。今日という日に、高根くんじゃあるまいし、きっと泣くことなんてないと思っていたのに。

「うん」

子供みたいに頷きながら、涙が溢れた。

ぱた、ぱた、ぱた、と茜子さんの足下に落ちた。丸くて大きな水滴が。

「うん」

顔をくしゃくしゃにして、幼子のように泣きながら、茜子さんが言った。

「そんな気がする」

高根くんじゃ、だめだ。高根くんに、恋をしてない。キスをしたいともいつかセックスをしたいとも思えない。そういう感じじゃない。高根くんはそうじゃない。

　でも、心のどこかで思う。

　恋ができたらよかった。あなたは迷惑かも知れないけど。あなたみたいなひとを選んで生きられたらよかった。

　あなたが女の子だったらよかった。

　あたしが男の子だったらよかった
　そしたらあなたを特別大切な友達にして。

　ずっとあたしがあなたを大事にして。ひとりじめにできたのに。

　その自分勝手さを、最悪だと茜子さんは自分で思ったし、その一方で本当に素直な気持ちだとも思ったのだった。

　絶対そうはならないから、彼を選べないから、思ってしまう。

　あなたがよかった、と。

　そしてその時、高根くんは「わかるよね」と言った。

　あの泣き虫の高根くんが、泣かずに、言った。

「鳴沢さん、わかるよね、僕から、してもらいたかったことを、自分でやるんだよ」

　自分で自分のことを大事にするんだ。それが一番、鳴沢さんに必要なことだ。忘れちゃいけない。

君が、君を、大丈夫にするんだ。

「あたし」

頭を抱えて、肩を震わせ、呪文のように茜子さんは言った。

「自分を、大丈夫に、自分で、」

自分で、自分を、大切にする。

それが、高根くんが、この一年で、茜子さんに教えてくれたことなら。

「そうだよ」

と高根くんが言った。

「そうだ」

力強く、励ますようにして。それでいいと、背中を教えてくれる。そして。

「僕らは、もう会わない方がいい」

そんな、最後にしては、あまりに寂しい言葉を茜子さんにくれた。寂しい、悲しい、切ない言葉だったけれど。それが優しさだと、茜子さんにはわかるのだ。茜子さんだからわかるのだ。

茜子さんを残し、教室を去る、軌道の違う、路線の違う、早さも走り方も違う高根くんが、それでも、一瞬、交わって。

鳴沢さん、と言った。

君というひとを、大事にさせてくれてありがとう。

それから茜子さんは高校を卒業し、推薦で入学した公立の短大で二年間を過ごした。その間にひとつ上のサークルの先輩と仲良くなり、恋をした。好きな人に、好きになってもらって、夢みたような恋だった。夢みたいじゃないこともたくさんあったけれど、夢みたいなことだってたくさんあった。卒業をしたら二人とも東京に住もうと約束して、茜子さんは寮住まいの先輩の近くに住めるように就職を決めた。

成人式には母親がレンタルの振り袖を着せてくれて、綺麗な茜子さんのために泣いてくれた。成人式、小中学校の校区で区切られていたから、校区の違う高根くんとは出会うことがなかった。

卒業式から、茜子さんは一度も高根くんに連絡はしていなかったし、もちろん連絡がくることはなかった。

成人式のあとは高校時代の仲間で集まった。「茜子、久しぶり！」芽衣沙さんの高級そうな振り袖は、レンタルではなく購入品だという。

はじめての飲み屋で酒を注文しながら、酔いの回った段階で「ね、芽衣沙」と茜子さんは聞いた。「今日の成人式、高根はいた？」芽衣沙は目元を赤く染めながら「どうだったかなぁ」と言ってスマホを取り出した。

「つながりそうなやつに電話しようか？」

ううん、と茜子さんは急いで首を振った。

ううん、いらないって。その時は本当にそう思った。元気ならよかった。自分も元気だって伝えたかっただけだから。「連絡しとくよ」と芽衣沙さんは重ねて言った。茜子さんはそれにまた笑って、「高根の方があたしに会いたくないだろうから、いいよ」と言った。

僕らはもう会わない方がいい。

その言葉を大切にしたかった。

「茜子は就職決まったんだっけ？」

「うん。春から東京」

そう言った瞬間、いいなあと合唱のように声が上がった。既に東京の大学に行っていた友人だけが、遊ぼうねと言ってくれた。「ひとり暮らし？」「うん」でも、近くに恋人が住んでいて、と茜子さんが近況を報告してからは、もうその話一色になってしまった。

家を出て、快速と新幹線に乗って東京に出て、ひとり暮らしを一年半。

その頃から都内にはたちのわるい感染症が流行りはじめていて、離れて暮らすにはいろんな不都合が多かったために、茜子さんは東京の恋人と暮らしはじめた。

ひとりぐらしの期間に茜子さんは下手くそな料理もそれなりに上手くなったし、きっちりとした化粧も覚えた。綺麗になったよねと学生時代の友達に会う度に言われた。けれど一緒に暮らし始めてから、恋人との喧嘩（けんか）は格段に増えた。

それは多分、自分がちゃんとしてないからだと、久々に茜子さんは思った。どうして忘れていたんだろう。どうして忘れられていたんだろう。

茜子さんは努力をした。とてもとても努力をした。好きな人から好かれるために、ひたすら努力をして、一年もした頃——妊娠が発覚した。驚いたけど、嬉しかった。恋人も喜んでくれて……ほどなく、先輩は恋人から伴侶となった。

流行病の関係で式もなく、里帰りの出産もしなかった。外から病気を持ち込まないようにと、主人である恋人はあまり家に帰って来なくなり、でもそれも仕方がないことだと茜子さんは自分に言い聞かせた。

茜子さんはひとりで、可愛い女の子を産んだ。

恋人から伴侶となって、そして「父親」となったはずの人はけれど、帰って来なかった。若くて素敵で格好いい人だった。次の恋を見つけていたようだった。

悲しかった。ショックだった。でもそんなことを言ってられなかった。ひとりで世界一可愛い小さな命を守らなければならなかった。離婚届にも走り書きをするほど、そんな場合じゃなかった。だってあたしが守らなきゃ。ひとりで。ひとりで。ひとり
——どうやって？

ある日突然、それは不安としてやって来た。娘の夜泣きに頭が割れそうになりながら、どうやって？　と茜子さんは思って、これじゃだめだと荷物を詰めた。自分のじゃない、娘の荷物を。

それを詰めて、実家への電車に飛び乗った。まだ一歳にもならない赤ん坊の乗るベビーカーは乗車が拒否されるかと思ったけれど、駅員さんは茜子さんと娘を個室にいれてくれた。

茜子さんが帰省の時に身につけていた服の中で、新しいものはマスクだけだった。

全てを放り出して地元に戻った茜子さんを、母親は手放しで迎えてくれた。けれど

それは最初だけのことだった。一週間も経つうちに、母親は茜子さんに「母親なんだからちゃんとしなさい」とたびたび言うようになった。自分はひとりであなたを育てたと。男の人はいつだってそうだと。あなたのお父さんだって——そんな話を聞かされた夜に、茜子さんは、東京に戻ろうと思った。

自分がつらいからではなかった。

茜子さんと同じように、自分に厳しい母親をこれ以上、追い詰めたくはなかった。

逃げてきた時と同じように、マスクだけを新しくして、茜子さんは駅に向かった。ここまで来ることができたんだから、同じように帰るだけだと思った。大丈夫だ、きっと大丈夫。不安ばかりの日々だけれど。小さなこの子だけは守ってみせる。

それができれば、わたしはなにもいらない——。

そう思いながら、ひとの少ないホームで座ることもなく電車を待って立ち尽くしていた、時だった。

「茜子？」

唐突に声を掛けられて、茜子さんは驚きに振り返った。マスクをした、綺麗な女性が立っていた。「——芽衣沙？」小さな声で茜子さんが言えば、「やっぱり！」と駆け寄ってきたのは芽衣沙さんだった。どうしたの、久しぶり、帰ってたの、赤ちゃん可愛い、そんなことを矢継ぎ早に芽衣沙さんは言って、けれど、茜子さんとは距離を詰めることはなかった。

こんな時世でなかったら、この子を抱いてもらいたかったと茜子さんは思った。

「少し、家に帰ってたの。でも、これから東京に戻るんだ」

「このまま？　大丈夫？　旦那さんはちゃんとしてる？」

わざわざ芽衣沙さんが注意深くそんなことを聞いた。茜子さんの顔色、マスクの裏側まで、見透かそうとしている視線だった。茜子さんはなにを繕うこともできなくて、「ひとりだよ」と言った。「え？」「ひとりで育ててるの」でも、大丈夫。

その顔を、芽衣沙さんはじっ……と見つめた。

芽衣沙さんは、「お土産を買って来てあげる」と言った。「だから、そこの椅子に座っていて」と。芽衣沙さんが指さしたのはホームのベンチだった。「でも、電車が」と茜子さんは言い、「お願い」と芽衣沙さんは重ねて言った。その強い口調に促されるようにして、茜子さんは呆然とホームのベンチに座った。いつの間にか子供はゆっくり眠っていたようだった。この子が寝ている間に、快速に乗りたかったと思いながら、茜子さんはホームを見た。

時刻は夕方だった。夏では、なかったけれど。

　夕暮れがホームを染めていた。

　茜子さんはふと、あの日、夏の日のパンケーキと、映画館と、パン屋のことを思い出した。あの時の、高根くんが、最後に。一体何を言い掛けたのか、最後までわからなかったと、茜子さんは思った。

　ホームに貨物列車が入って来るというアナウンス。ふらりと茜子さんは立ち上がる。

　行かなくちゃ、と思った。

　行かなくちゃ。あの日。――楽園に。

　その時だった。

「鳴沢さん！」

　強い力で腕を引かれた。ベンチに、尻餅をつきそうになった。その肩を同じくらい強い力でがっしりつかまれた。

　鳴沢さん、ともう一度、今度は耳元、その少し下で、強い声が茜子さんを呼んだ。

「高根」

　茜子さんが、呆然とその名前を呼んだ。

　あの卒業式以来、一度だって連絡をとらなかった高根くんが、そこにいた。当時と同じ眼鏡で、当時はしていなかったマスクだった。当時とは少し違う髪型で、でも高根くんだった。野暮ったいところはなにも変わらないし、制服じゃないのが不思議なほどだった。どこからか走ってきたのだろうか、額には玉のような汗が浮かんでいた。一瞬で、はじけるように、茜子さんは自分が学生時代に戻ったのかと思った。すべては、夢で。

あの、窓際の座席に、高根くんの隣にいるんじゃないか。でもそれはならなかった。腕の中で、あたたかな生き物がか細い声を上げた。そのことに慌てて、さげていた荷物を落とした。

高根くんは長い長いため息をつき、茜子さんの重い荷物を拾い上げ、自分の腕にかけながら言った。

「今さっき、本居さんから連絡もらった。前にも一回連絡もらってたんだけど。その時は鳴沢さんと連絡は取る気はないって言った。でも、鳴沢さんが、困っているようだったら教えて欲しいって言っておいたんだ」

困っているようだったら。

そんな、そんな状態だろうか？　そういうことになると思うなんて、未来がわかるんだろうか、高根くんは。

それとも、もしもそんな奇跡があったらという、暗い願いだったのだろうか。

「鳴沢さんは」

高根くんの声は、怒っているそれだった。マスクを通しているからだけじゃない。許せなくて、憤っている声。こんな声、学生時代に聞いたことはなかった。

「僕の言ったこと、忘れた？」

「なんで」

茜子さんは、ゆらゆらと身体を揺らして、娘が起きないようにしながら、か細い声で言った。

「なんで」

それ以外に、言葉は、出なかった。高根くんは、茜子さんの荷物を、その肩から抱えているものも全部引き取ってから、怒りを抑えきれない声で言った。

「もう会わないつもりだった」

眼鏡の奥の目が、強い光が、茜子さんを睨んだ。

「でも、もしも次に君に会うことがあったら、そこで鳴沢さんが、自分のことを大切にしていなかったら」

僕は、こうすると決めていた、と高根くんは言った。

「僕は、今度もお節介をするって、決めてたんだ」

茜子さんの荒れてかさついた顔にひとすじ、涙が落ちた。「なんで」と茜子さんが言う。

「だって、高根、あたしのこと、そういう意味で、好きじゃないって」

なじるみたいな、繰り言を、言ってしまう。

「今もそうだよ。別に君に恋はしてない」

吐き捨てるみたいに早口で、高根くんが言った。

「でも鳴沢さんが自分を大切にしないのは嫌だなと思ってる。最初に会った時から。僕のことをキモいと言った鳴沢さんが、そう言った時、すごく傷ついた顔をしてたから」

そんな昔のことを、と茜子さんは思った。もうずっと、昔のことだ。

でも、覚えてる。いつまでも、ずっと。

「そう言って、自分のことも傷つける人なんだと思ったら、ずっと、そこから気にしてる」

これが友情なのか、同情なのかもよくわからないと高根君は言った。でもずっと、ずっと「そう」だったと。

茜子さんはわからなかった。なにもかもがわからなかった。自分のこころも、あるべき姿も。けれど、高根くんは、大丈夫だと言ってくれるんだと思った。茜子さんに。優しく、してくれるんだと思った。そんな夢のような日々は、卒業式の日に終わってしまったはずだった。もう一度、もう一度と願っても、いつまで。今度は、いつまで？

「鳴沢さんの、次の恋がはじまるまででいい」

高根くんが、茜子さんの思考を読んだように言った。

「今度こそ、そのやり方を、覚えていって欲しい」

自分で、自分に、優しくするやり方を。

ラーメンを美味しく食べたり、自由にうたをうたったり、そういうことを。

「今度こそ僕が必要じゃなくなるまで」

「嫌だ」

茜子さんは、顔を歪めて言っていた。

「そんなの、ずっと、教えてもらわなくちゃ、できないよ」

高根くんの、返答は、はやかった。

「なら、ずっとでいい」

鳴沢さんがいいなら、それでいいよ。

快速の列車が来る。「あたし、行かなくちゃ」茜子さんが言う。別れたくないけど。もうずっと、ずっとこうやって、大切に、大切に思われていたいけれど。

あの快速に乗らなくちゃ。全部があるって信じてたけど、なんにもなかった東京に。

それでも、そこしかないから。

行かなくちゃ、とうわごとのように茜子さんが言ったら。

「うん」

高根くんが頷いた。

「行こう」

茜子さんの荷物を持って、先に立って、歩き出す。扉の開いた、快速に。

「行こう、鳴沢さん」

そこで、高根くんが待っているから。茜子さんは、彼を追い掛け、飛び込むように、列車に乗った。

15年目の遠回り

妹のほたるが死んだ。

嘘。うそうそうそうそ。全然死んでない！　バイタルサインもオールグリーンの健康体、大学受験も無事終えて、春からひとりぐらしをね、はじめるそうなんだけども。でも死んだようなもんだった。あたしにとっては本当に、限りなく、死んだようなもん。死んだ、死んじゃったのよ、あたしの愚かでかわいい妹が！

「ひばりさん、おかわり持ってきてあげたよ。おひや飲んで？」

銀の水差しを持ったウェイターの純くんがそう優しく声を掛けてくれるけれど、酔ってないわい、とあたしは言った。それもちょっと嘘だった。喫茶『オデッセイ』にて。眼鏡で若白髪のマスターがやっているこの店の構えだけは古い喫茶店、今時らしくて開店が遅く夜も遅い。大体シンデレラタイムまでやってるこの喫茶店は、マスターの気さえ向けばそれ以降だって延長ＯＫなんじゃないだろうか。あたしはいつも飲み会の帰りにこの喫茶店に寄って、マスターのだしてくれるウィンナーコーヒーを飲むことにしている。それだけでなめるとちょっと塩からいくらいのチョコレートソースがアクセントなウィンナーコーヒーは、アルコールにやられた身体に染みるのだ。

いつもみたいに飲み会上がり、喫茶店のベルを鳴らしてドアを開けたらバイトの純くんが、「お、今日も惨敗っすか！」と挨拶代わりに声を掛けてくれる。いい？　失礼なのよそれって、とあたしは思う。あたしは別に毎日合コンに行っているわけではないの。これも営業の一環なの、と言いながらカウンターの端、定位置の背が高い椅子に座ったら、「やだなぁひばりさん、経理じゃないっすか」と純くんはおしぼりを持って来てくれる。

なによ、経理が営業しちゃいけないっていう法律があるわけ？　とにらみつけたら、「なにを営業するんすか？」と純くんがその、無駄に可愛い顔をニコッてさせて言う。それは、あれよ。自分の営業ってやつよ！　売り込みなのよ。「てことは今日も売れ残りってことで」ってわざわざ言ってきたのはマスターね。ばか！　余計失礼だわ。違うのよ、『慎重に検討いたしました結果、誠に恐縮ながら今回はご希望に添いかねる結果となりました』ってやつよ、とテンプレートで答えてやったところで、マスターがいつものウィンナーコーヒー出してくれた。悔しいくらい美味しい。もうマスターウィンナーコーヒー屋やった方がいいよ。やってんだけどさ。

喫茶店『オデッセイ』はランチが盛況らしい堅実な喫茶店で、でもあたしは昼間に来たことがなくて、マスターにも「うちのこと、〆の店だと思ってるんだろう」って言われたことがある。バレた？　〆の店っていうか、まあ、避難所っていうか、相変わらず自習室っていうか……そういう感じ。だからあたしはこの店の昼間の様子は知らないんだけど、夜のスタッフはマスターと純くんしかいない。この純くんというのがまた顔のいい男の子で、まあそれもそのはず役者だか声優だかの卵らしくて、昼間はそういう、夢を追い掛けボーイらしい。佐柳純というかわった苗字は一応本名らしい。一応ってなんだろ。サナギのままで終わりそうな名前だねって言ったら、「蝶か蛾か、わかんない方が金のかけがいがあるでしょう？」って言うもんだから、結構大物になるのかもって思ってるけど、今のところ羽化する気配はない。まあ、サナギのまんまで死ぬ虫がいたとして、それはそれで幸せかもなんて、そんなオチでいいんだろうか。その純くんの年は、妹のほたるよりもひとつ上だったはず。そう、妹の……と思ってわっと涙が浮かんでしまった。聞いて聞いてよ純くん、あたしの可愛い可愛い妹がね、死んじゃったの。いや死んでないけど、今日の朝おかあさんと喋ってるのを聞いちゃったんだよ。

　付き合ってる人がいる。

その人と同じ大学に受かったから、いつかは一緒に住みたい、今じゃないけど。

あたし朝から思わずダメ～～！　って言ってすがっちゃった。妹に。「は？」って純くんが言った。だってだってダメなのよ！　あたしのあたしの可愛い可愛いほたるがお嫁に行くなんて！　よその男のこころのままになるなんて！

「高村光太郎風に言ってもだめですよ」とマスター。

へえ～って純くんは全然ぴんときてない顔で床を磨いている。ていうか客はあたししかいないけどあたしがいるんだから掃除はしないでよ。

「妹さん、ほたるっていう名前なんすか？　可愛いっすね」

そう純くんが言うから、もう、ちょう可愛いのよってあたしは言う。あたしが春の生まれとあの子が夏の生まれでね、結構安直だと思うけど。あたしのほたるはほんとーに可愛い。六つも離れてるから、あたし、おむつだってかえてあげたこともあるんだからね。「そういうの、言うと嫌われません？」うるさいうるさいうるさい！　とにかくどこに行くにもおねえちゃんおねえちゃんで、まだまだちっちゃい子どもなのよ。とにかくちっちゃいの、ご飯とかよく食べるんだけどね、身体があんまり大きくならなくて、頭もちっちゃいし手足もちっちゃくて、目だけくりっとしてて大きいの。

ほらちょっと見てこの写真、こないだの合格発表の時のなんだけど、可愛くない～？　ちゃんとお姉ちゃんにおくって来てくれるのよ！　ってあたしが言ったら、純くん、じいっとあたしのスマホを見つめて、すごい深刻そうな、名探偵みたいな顔をして言ったわけ。

「これ、撮ってるのその彼氏なんじゃないすか？」

同じ大学に受かったんでしょう？　と言われてあたしはびっくりしすぎてスマホを落としそうになった。

改めて、見る。学生服の上からコートを着てチェックのマフラーをしている我が妹の、ちょっと赤い頬で、照れくさそうに笑って、自分の受験番号指さしてる、顔が。

その、どこの馬の骨ともわからない男の撮ったもの？？？？？　あたしはカウンターに突っ伏して、脱力してしまった。もう立ち直れない。助けて。「お水いれてあげましょうね」と純くん。やめて、そんな雑な慰めが欲しいわけじゃない！

「仕方ないっすよ、俺ひとりっこだからよくわかんねーですけど、親でも友達でも付き合う付き合わないで家族からそういう風に言われたらだるいって」と純くんは十代の主張を代弁してくれる。ご丁寧にどうもありがとう。許さん。「こわ」と純くんが水差しを持ったまま距離をとった。

わかってる、わかってるのよ。妹の彼氏、赤飯炊くまで至らなくても、よかったねって言ってやらなきゃいけないってことぐらい。

おめでとう、よかったね。どんな子なの？　一体どういう風に付き合いはじめたの？　聞いてあげたわよ。女子会では百万回してやったリップサービス、噛みしめすぎて血が出そうだと思ったけど、それでもね。

「で、どんな相手だったんです？」

純くんは絶対絶対興味もないのに一応聞いてくれた。それもまたリップサービスなんだろう。営業なんだろうね、偉いね。どんな？　ほたるは答えたわ。「普通……」ですって！

普通に、ちょっとかっこよくて、ちょっとお人好しで、面倒見がいい人。頼まれごとを放っておけなくて、生徒会長とか押しつけられちゃうひと、って。それを聞いている間のあたしの針のむしろったらないわ！

「や、祝福してやればいいじゃないすか」

いやよ、絶対にいや！

「ほたるちゃんはひばりさんのものじゃないですよ～」

純くんのものでもないわ！　軽々しくちゃんづけで呼ばないで！　あたしのそういう、八つ当たりに近いクレームを軽やかにかわしながら、「幸せならオッケーです、ってならないんです？」と心底不思議そうに純くんが言った。

ならない、ならないのよ。

だって恋愛が幸せなはずなんかないじゃない。

あたしがむくれた顔で言ったなら、「お、偏見報道」と純くんが言った。うるさいな！　純くんはみんなのアイドル志望だから知らないかも知れないけど、恋愛、ろくでもないわよ。好きな人とやって行くって、絶対小さいことで悩んだり、たいしたことじゃない問題で、世界の終わり、地球の滅亡みたいな気持ちになるのよ。

そしてそのたびに、ふたりはふたりで、慰め合ったりするのよ！　許せない！

「つまり嫉妬か？」

と呆れた純くんが言って来る。「へえ、どっちに？」とマスター。こういう時に、このひとは容赦がないのだ。あたしはよく知ってる。

そうよそうようらやましいのよ。相手の男が、死ぬほどうらやましい。

ほたるはね、本当に可愛くて、それでいてちょっと面倒くさい子でもあるのよ。余計なことをひとより考えちゃって、それでいて行動にうつすのが遅いから、悪くいうとどんくさいの。よくいうと可愛いんだけどね。可愛い。とにかく、ちょっと頼りないあの子に、世話をやける男がいるとしたら、そしてその男が世話をやくことが得意にしてるような奴だとしたら、それはそれは幸せだろうと思うのよ。

そう言ったら純くんはちょっと笑って、「結構似てるんじゃないすか」と言った。

おい、どういう意味？　それ。

「だってひばりさんいつも話がもってまわってなげーんだもん。そういう話を黙って聞いてくれる男探したらいいんじゃないすか？　俺はちょっと勘弁だけど」

あたしも純くんは勘弁だわって舌を出す。マスターは黙ってカップを拭いてる。

うらやましい。その気持ちを言ったら、少し糸口が見えたような、すっきりした気持ちになった。

そうよ、うらやましいの、何が悪い？

ピュアピュアな若者。眠そうな朝にもぴかぴかに光ってる。幸せそうで、多分ほんとは別に幸せじゃなくて、でもそういうの、ひっくるめて全部すごくうらやましい。きっと泣いちゃうこともあるんでしょうね。あたしにはなかった。そういうのがなかったから、強烈に、弱い。

しみじみそういう自己分析をしながら、頬杖をついて、飲み干しちゃったクリーム跡を見た。もう一杯頼むかどうかを考えたけど、これ以上は胃が荒れるかも知れない。だとしたらあの、こじゃれたハーブティってやつを頼むのが正解なのかな？　あたしあれ、スかしてて嫌いなのよね。匂いのついたお湯じゃん、だって。

マスターのコーヒーが好きだから、この店の、コーヒーだけは評価してるのよ、あたし。

と口には出さずにあたしはカップの底を眺めた。あたしがこんないじらしいことを思ってるのに、マスターは「カップ下げても？」とあたしの手元からいじらしさをすくい上げてしまった。返せ、いじらしさ。

「言うてもさ～」と純くんが今度は窓を拭きながら言う。

「ひばりさんはなかったんすか～、そういう、ピュアピュアな思い出ってやつ」

あたし？　とあたしは聞き返す。うん、と純くんが言う。

「ひばりさんにもあったでしょう、十六とか十七とか十八の頃が」

あった、は、あった。それこそほたると一緒の制服を着て、クラスのみんなと馬鹿をやってた、そういう頃があった。でも、光ってはなかったな、とあたしは言った。光ってたかも知れないけど、そういうの、自分じゃよくわかんないものなのよね。暗黒だった、のかも。だからほたるの光や、純くんの光だってまぶしく思えちゃうのかも知れないね。

「付き合ってる人はいなかったんすか？　今は合コンの女王だけど」

合コンの女王って言うな。最悪じゃん。だからこれは、そういうんじゃないんだってば。

あたしがぴゅあぴゅあで可愛い高校生だった頃。や、なかったわねそんなのは。でも、その前もうちょっと、遡って、野暮ったい中学生の終わり、好きな人はいた。

あたしが頬杖をついてそう言ったら、「お」って感じで純くんが身を乗り出して来た。若白髪のマスターは、黙ってあたしが飲んだカップを洗ってた。

好きな人は、いたよ。今思えばいた、って感じ。でもそういうのって、わかんないじゃん。あたしその時、それが恋だとは思わなかったんだよね。でも、今更考えるとそうだったのかもって思う。いや？　どうか。わかんないや。

「わかんないんすか」と純くんは笑って、「どんな相手だったんです？」と聞いてくれた。多分リップサービスで。あたしは純くんのそそいでくれたおひやを見ながら、まだ自分に酔いが残っているかを、考える。素面だった。もうこんなの素面だ。酔っ払ってたらよかったんだけどな。全部お酒のせいにして、いくらでも思い出話をはやかにできるのにね。でも、素面だしな。

はーって深い息をついて、言った。酔ってもいなくて、でも凹んでた。妹の恋はあたしの失恋みたいな気持ちだった。だから、言わなくてもいいことを、言ってしまった。

塾の先生よ。まだ少女だった、あたしが好きだった人。

「へー」って純くんは言った。「年上趣味だったんすね？」そうよとあたしは言う。その時はそんな風に思わなかったけど、あたしが十五で相手が二十二。まだバイトで大学生だったんでしょうね。「げ、ロリコンじゃん」って純くんは言った。あはは、てあたしは笑った。あたしの笑いだけが喫茶『オデッセイ』に響いた。その通り。ロリコンは病気。ロリコンは犯罪。でも、おかしなことだけどね、あたしにも「先生」にもね、その認識はあったのよ。

なんだか馬が合って、いい感じで、でも、あたし達がつきあうのは、外聞が悪くて、具合の悪いことだっていう認識がね。そういうのも考えられない馬鹿な子どもだったらよかったのかもね。そんなの関係ない！　って、ぶつかって、燃え上がって、そして壊れて粉々になったら、ぴっかぴかの思い出であたしは新しい恋を探せたのかも。でもそういう気にはなれなかった。なれなかったのよ。

あたしは子どもだった。でも、この年、そうね当時の先生と同じくらいの年になったからわかるのよ、先生だって子どもだったんだわね。

あたし達は子どもと子どもで、でもちょっと考えすぎちゃったのかも知れない。

これが、これがよ。これがもしも、あたしがそうね、二十八……ううん、あたしが三十で、相手が三十七だったらどう思う？　それはそういうのくらいは、ありだって感じがしない？

純くんは「まあ、確かに」と言った。

「三十と三十七だったら、若いお嫁さんもらったんだな、くらいな感じすよね」

　そうでしょ？　とあたしは言って、少し落ち着いた気持ちになって、水を一口含んだ。自分の喉が渇いていたことに、そこではじめて気づいた。酔い覚ましとも違う、緊張の発露で。

　あたし達、出会うのがはやすぎたっていうのも、なんかちょっと違う気がするのよね、とあたしは言った。

　その、塾の先生のこと、好きだった。それまでの人生でとりあえず一番好きだった、として。でも、それからの人生でも一番かどうかなんてわからないじゃない？　や、それはべつに、人生、「そう」じゃなくていいって、今ならわかるんだけどさ。

　寒い塾の帰り際に、親の車を待ちながら、先生がいれてくれる内緒のコーヒーが美味しかった。誰にでもしてるんでしょうって言ったら、そうかも知れないけど、あたしが一番美味しそうに飲むんだって言ってくれたのよ。

「アオハルじゃないすか」

　そうよ。アオハルってやつよ。でも、そこで身も世もなくぶつかっていけるような、青さはなかったのねあたしには。なんか、子どものくせに、おばあちゃんみたいな恋になっちゃったの。幼くて、障害が多くて、別に、叶わなくてもいいって思っちゃった。そういうの、わかる？　とあたしが聞いたら、「や、あんまし……」と純くんは言った。

うん、わかんなくてもいいのよ、きっと。当時のあたし、自分がイレギュラーだと思ってたけど、この年になるともうわかっちゃうんだ。

イレギュラーじゃない、恋愛なんかないって。

純くん、狸に化かされたような顔をして、「えー？」って言った。「え、その話って、それで、どうなったんすか？」んー、とあたしは言う。どうもならなかったよ。どうもならなかった。どうにかする考えがなかったんだろうね、あたし達には。

あたし達は、進路指導室で話し合いをしたのだった。それをしてくれる程度には、協議をしてくれる、程度には、先生、あたしのことを好きだった……のかな、嫌いではなかったんだろうと思う。

受験を控えた塾の進路指導室で、膝をつき合わせて秘密の、進路指導をした。「ちょっとエッチなやつ？」じゃないわよ。ばか。

普通に、本当に、馬鹿みたいに真面目な話。その時先生は言ったんだよね。僕はもうすぐ大学を卒業して地元で就職をして、将来的には親がやっていた店を継ぐつもり。

君は大人になって、僕以外に恋をしたりもするでしょう、それは絶対にしてみたほうがいいと思うし、それをしたあとに、もしもやっぱり僕がいいということになったら、その時もしも僕も独り身であったなら、僕達その時には婚姻届に判を押しましょう、って。

交際ゼロ日で？　とあたしが聞いたら。

たとえ交際ゼロ日でも、と先生は答えた。その時あたしは笑っちゃったんだよね。夢物語じゃんって思った。ずるくて、嘘くさい。あたし時間を遡らせて、その時のあたしに会ったら言ってるわ。やめときな、そんな男！

あたしの激情に、純くんが合いの手をくれる。

「十五才に手を出すような男だから？」

ううん、二十二才程度のくせに十五才の子どもに手も出せないで、そういう魔法だけかけちゃえる、悪い男だからよ。

「確かに」

と純くんは頷いてくれたから、あたしの溜飲(りゅういん)は下がった。マスターはこっちに背中を向けてコーヒー豆の整理とかしてたけど、ざまあみろって思った。

十五だったあたしは、先生に、「その時」っていつなのか聞いたの。

先生はあたしの年を聞いて、あたしはその時、十五才だったから。そのまま答えたよ。そしたら、十五の二倍、って言った。

あたしが三十で、あの人が三十七で。

十五年、それぞれの人生を回り道して、そこでもしもまた出会えたら。そしたらあたし達にそんなゴールがあるなんて、そんなの絶対に、絶対に嘘でしょう？

純くん、あたしの話を聞きながら、眉間に皺を寄せてすごく難しい顔をした。

あたしはその難しさが、まぶしさだと思った。あの当時のあたしにはなかったもの。先生にもなくて、ほたると、純くんにはあったもの。でも、あたしもほたるも純くんも、先生も、全員特別で、全員イレギュラーなんかじゃなかったね。

純くんは難しい顔をして、でもそれから、ぱっとなにかに気づいたように、言った。

「ひばりさんが毎週のように合コン行ってるの、そのせい？」

合コンに行って、運命の人を探して、お断りとお祈りをして、それからこの、喫茶『オデッセイ』に来る。それが、そのせい、なのかどうかと聞かれたら。

どうだろうねとあたしは言っちゃう、けど。

「純くん」

と若白髪のマスターが言う。眼鏡を掛けたその、苦みの走った横顔を――はぁ、綺麗だなって、あたしは思う。

「そろそろあがっていいよ。時計見てごらん」

「うわ、もうこんな時間!?」

純くんはエプロンを引き離して、後ろに引っ込んで、薄い上着をはおってすぐに出て来た。

「ひばりさん、じゃあお先」

まるで同僚みたいな言い草に、あたしは笑ってしまう。はいはい、お先にどうぞ、
帰り道には気をつけて。

そして純くんが店を出て行こうとした時に、「いやーでも」とこっちを振り返って、
言う。

「ひばりさん、いつも酔っ払いのオヤジみたいだけど」

誰がオヤジじゃ。あたしのつっ込みよりも先に。無駄に上手い、ウィンクを披露してくれて、純くんが言った。

「今日のひばりさんはすごい、恋する女の子っぽかったっすよ」

カランカラン。

純くんが出て行く。あたしはその、扉をずっと見ている。次の瞬間、目の前にこつ

んと置かれたのは、あの、薄い湯みたいな、ハーブティだった。睡眠がどうのリラックスがどうのとかいう、あの、いけすかないやつ。

頼んでない、とあたしは言う。

「サービスです」

ってマスターが言う。あたしは、その瞬間、口からぽろりと、こぼすみたいに言ってしまう。

あたしマスターのコーヒーが好き。

「知ってますよ」とマスターが言う。

「あなたが一番、美味しそうに飲むから」

あたしはその瞬間、自分が十五才に戻ったような気持ちになる。古くさい制服、締めあとの残る靴下、スチームの効いた進路指導室で言ったこと。あたし先生のコーヒーが好き。覚えてる？　コーヒーの飲めないあたしに、美味しいコーヒーを教えてくれたこと。実家が喫茶店なんだと言ったから、もしもお店を継いだら夜遅くまでしてねとお願いしたこと。

そしたらあたしが、眠る前に先生のコーヒーを飲みにいくからって。

はじめて『オデッセイ』の前を通りかかった時に、あたしは本当にびっくりしてしまった。

先生は、約束を守ったんだと思って。

だからあたしも、約束を守ることにした。新しい恋をしたいと思って出会いも探して、でもやっぱり違うってここに帰って来る。

なんて愚かな遠回りだろう。馬鹿みたいって、ほたるなら言うかな。純くんは言うだろう。

ほたるが死んだ、とあたしは言ったけど。本当はそうじゃなかった。ただ、うらやましかったのね。ほたるの恋人がうらやましかったし、同時にほたるのことだってうらやましかった。あたしが、ほたるみたいにきらめいて死にたかったんだと思う。でもこうやって生き残ってしまったあたしは、まだ、旅の途中で遠回りをしている。

薄い色をしたハーブティみたいに、劇的じゃないけど、ドラマティックじゃないけど。

十五年分の遠回り。

これはあたしの大事な道だから、近道なんて絶対にしないのだ。

あとがき　――彼女達にさよならを、そして――

『15秒のターン』の初出は、二〇〇八年。雑誌の競作企画にはじめて呼んでいただき、15という数字をテーマに書いた一作でした。もう十年以上前ですが、「梶くんとは別れようと思う」という最初の一文を書いた時のことは、今も鮮明に覚えています。

不思議と、いろんな人が肩を叩いて褒めてくれた短編でした。雑誌ではかなり特殊な書き方をしていたし、短い作品であったこともあり、こうして文庫に収録されるなんて。ましてや、十五周年の連続刊行のラストを飾る、表題作となるなんて。もはやこれは、15という数字を巡る、魔法のような話だと思っています。

『2Bの黒髪』は二〇一〇年、メディアワークス文庫アンソロジー『19』収録のもの。『戦場にも朝がくる』は二〇二一年、参加している非商業の合同誌『少女文学　第四号』のために書き下ろしたものです。今回、こうして並べることが出来ることを、大変嬉しく思います。

そして書き下ろし『この列車は楽園行き』の執筆は、簡単なものではありませんでした。実に十年は執筆時期に隔たりがある「現代小説」の並びとして、「最新作」を書くこと。それこそ針の穴に象を通すような、困難なチューニングでした。

でも、どうしても書きたかったものがありました。

年月とともに、自分が変わり生活が変わり社会が変わり、多分これからもっと違うものを書いていくであろう私が、制服を着た「彼女達」に、「最後のメッセージ」を渡したかった。

いつの時代も、軽やかな、彼女達がどうか――。

そのメッセージがどんなものであったかは、作品を読んで、受け取ってもらうこととして。このさよならの手紙を書いた後、肩の荷が下りたように軽い筆で書きだしたのが、同じく書き下ろしの『十五年目の遠回り』でした。

そしてこれから、新しい十五年を歩こうとする、私の、決意表明のような最後の一文を書いた時に、さよならなんかなかった、と思ったのです。

十五年の日々に、感謝と別れを。そしてまた、これからもよろしくね。私はこれからも、書いていくことでしょう。

スカートの裾を揺らす彼女たちが。

未来へ駆けていけるように。

紅玉いづき

＜初出＞
『15秒のターン』は「電撃文庫MAGAZINE」2008年11月号（Vol.4）に、『2Bの黒髪』は2010年12月刊のメディアワークス文庫『19 －ナインティーン－』に、『戦場にも朝が来る』は2021年5月刊の同人誌『少女文学　第四号』に収録されたものを加筆・修正したものです。
『この列車は楽園ゆき』『15年目の遠回り』は書き下ろしです。

◇◇メディアワークス文庫

15秒(びょう)のターン

紅玉(こうぎょく)いづき

2022年5月25日　初版発行

発行者　青柳昌行
発行　株式会社KADOKAWA
〒102-8177　東京都千代田区富士見2-13-3
0570-002-301（ナビダイヤル）
装丁者　渡辺宏一（有限会社ニイナナニイゴオ）
印刷　株式会社暁印刷
製本　株式会社暁印刷

Printed in Japan
ISBN978-4-04-914164-1 C0193

メディアワークス文庫　https://mwbunko.com/

本書に対するご意見、ご感想をお寄せください。

あて先
〒102-8177　東京都千代田区富士見2-13-3
メディアワークス文庫編集部
「紅玉いづき先生」係

◇◇◇

ミミズクと夜の王 完全版

紅玉いづき

伝説は美しい月夜に甦る。それは絶望の果てからはじまる崩壊と再生の物語。


伝説は、夜の森と共に——。完全版が紡ぐ新しい始まり。

魔物のはびこる夜の森に、一人の少女が訪れる。額には「332」の焼き印、両手両足には外されることのない鎖。自らをミミズクと名乗る少女は、美しき魔物の王にその身を差し出す。願いはたった、一つだけ。

「あたしのこと、食べてくれませんかぁ」

死にたがりやのミミズクと、人間嫌いの夜の王。全ての始まりは、美しい月夜だった。それは、絶望の果てからはじまる小さな少女の崩壊と再生の物語。

加筆修正の末、ある結末に辿り着いた外伝『鳥籠巫女と聖剣の騎士』を併録。

15年前、第13回電撃小説大賞《大賞》を受賞し、数多の少年少女と少女の心を持つ大人達の魂に触れた伝説の物語が、完全版で甦る。

毒吐姫と星の石　完全版

紅玉いづき

伝説的傑作『ミミズクと夜の王』姉妹作完全版。
世界を呪った姫君の初恋物語。

忌まれた姫と異形の王子の、小さな恋のおとぎばなし。

「星よ落ちろ、光よ消えろ、命よ絶えろ!!」

全知の天に運命を委ねる占いの国ヴィオン。生まれながらにして毒と呪いの言葉を吐き、下町に生きる姫がいた。星と神の巡りにおいて少女エルザは城に呼び戻され隣国に嫁げと強いられる。

唯一の武器である声を奪われ、胸には星の石ひとつ。絶望とともに少女が送られたのは聖剣の国レッドアーク。迎えたのは、異形の四肢を持つ王子だった——。

書き下ろし番外編「初恋のおくりもの」で初めて明かされるある想い。『ミミズクと夜の王』姉妹作。

メディアワークス文庫

メディアワークス文庫

壊れやすく繊細な少女たちは寂しい夜を、どう過ごすのだろうか――

誰にでも優しいお人好しのエカ、漫画のキャラや俳優をダーリンと呼ぶマル、
男装が似合いそうなオズ、毒舌家でどこか大人びているシバ。
女子高校生４人が過ごす青春の切ない一瞬を、
四季の流れとともにリアルに切り取っていく――。

ガーデン・ロスト

紅玉いづき

発行●株式会社KADOKAWA

黒狼王と白銀の贄姫
辺境の地で最愛を得る

高岡未来

彼の人は、わたしを優しく包み込む——。

波瀾万丈のシンデレラロマンス。


　妾腹ということで王妃らに虐げられて育ってきたゼルスの王女エデルは、戦に負けた代償として義姉の身代わりで戦勝国へ嫁ぐことに。相手は「黒狼王（こくろうおう）」と渾名されるオルティウス。野獣のような体で闘うことしか能がないと噂の蛮族の王。しかし結婚の儀の日にエデルが対面したのは、瞳に理知的な光を宿す黒髪長身の美しい青年で——。

　やがて、二人の邂逅は王国の存続を揺るがす事態に発展するのだった…。

　激動の運命に翻弄される、波瀾万丈のシンデレラロマンス！

【本書だけで読める、番外編「移ろう風の音を子守歌とともに」を収録】